# 金腰带

孙未 著

**孙未**，上海作协专业作家。中国作协会员。

德国、瑞士、新西兰、瑞典、拉脱维亚、意大利、英国、匈牙利、罗马尼亚、丹麦、爱尔兰、美国等多国文学项目成员及学者奖金获得者。目前在职读博，于德国萨尔大学哲学学院文学系攻读一般与比较文学专业的博士学位。"欧洲梦文化"研究小组博士生。

已出版著作31部，包括长篇小说及小说集《金腰带》《瓶中人》《大地三部曲：大地尽头》《大地三部曲：熊的自白书》《大地三部曲：寻花》《人可以有多孤独》《卡斯塔里漫游史》《一次远行》《迷路人间》《双面人格的夏天》《岁月有张凶手的脸》等。在重要文学期刊发表长篇小说及中短篇小说《牙齿》《鸽异》《猫的逃亡》《微光》《信徒》《无常殿》《如果猫知道》《镜子》等40余部。

作品获《北京文学》优秀作品奖、《中国作家》鄂尔多斯文学奖等，被译成英语、德语、丹麦语、西班牙语、保加利亚语、葡萄牙语等多种语言在世界各国出版与发表，并且被德国路德维希-马克西米利安-慕尼黑大学汉学研究学院、柏林自由大学中国研究学院用作教授中国文学使用的教材。

目前多部小说正在改编拍摄电影和电视剧。

# 金腰带

JIN YAODAI

孙未 著

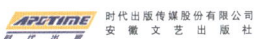

时代出版传媒股份有限公司
安徽文艺出版社

图书在版编目（CIP）数据

金腰带 / 孙未著. -- 合肥：安徽文艺出版社，2024.10
ISBN 978-7-5396-7521-3

Ⅰ．①金… Ⅱ．①孙… Ⅲ．①长篇小说－中国－当代 Ⅳ．①I247.5

中国版本图书馆CIP数据核字(2022)第148644号

出 版 人：姚 巍
责任编辑：张妍妍　宋晓津　　　　　装帧设计：马德龙

出版发行：安徽文艺出版社　　　www.awpub.com
地　　址：合肥市翡翠路1118号　邮政编码：230071
营 销 部：(0551)63533889
印　　制：安徽新华印刷股份有限公司　(0551)65859551

开本：880×1230　1/32　印张：6.5　字数：100千字
版次：2024年10月第1版
印次：2024年10月第1次印刷
定价：39.80元(精装)

（如发现印装质量问题，影响阅读，请与出版社联系调换）

版权所有，侵权必究

# 目　录

序章 / 1

1. 偷窃癖 / 4

2. 兰博基尼杀人案 / 20

3. 冤家路窄 / 35

4. 替罪羊 / 56

5. 真凶 / 68

6. 杀人动机 / 77

7. 呼风唤雨 / 97

8. 丑闻 / 113

9. 无法证明的真相 / 129

10. 造物主之眼 / 143

11. 再见,律师生涯 / 151

12. 逆袭 / 166

13. 荣耀归于法律 / 183

尾声 / 195

**后记:为什么我们依然需要公平正义?/ 199**

# 序　章

夜晚九点，城市下半场的声色犬马还没揭开序幕，疲惫的日间上班族早已归家，景贤区的街头显现出一天之内短暂的萧索。

景贤区是本市又一个速成的繁华地带，远离市中心，开发商却有把握让它很快晋升为市中心。全新的产业创业园区，全新的大型购物中心"长安888"，全新的别墅群，还有距离别墅群不远的一条欧风商业街"卢梭小镇"——毗邻人工湖，都是些非常精致的欧洲仿古建筑，单栋小楼，有会所式的卡拉OK、美容院、会所式餐厅等等，甚至还有租车公司——这些都是恒仁集团的资产。

华丽的建筑群背面有一堵荒墙，在堆着建筑瓦砾的废墟前挡着。此刻，在这个看似四下无人的废弃地带，却还有一个女孩在工作。她站在简易的梯子上，支着一盏临时照明灯，正用油彩往墙上绘制壁画。看得出这个工作她已经进行了好些天，左侧长五十几米的壁画早已绘制成形，看上去是一幅欧陆小镇风情的油画，画的底部还描着"卢梭小镇"的标识，估计女孩是被雇来粉饰这个看上去还不够雅致的角落的。

秋意萧瑟，女孩穿着宽大的工作裤、紧身毛衣，外搭沾着油彩的卡其面料羽绒背心，长发绾在脑后，一副聚精会神的样子，手背冻得发红。她正在仔细描绘的部分看起来与这一幅长卷的整体并不协调。她在画一个天使，羽毛晶莹的翅膀张开着，和善的双手伸向前方，像是要拥抱世人。她正在描绘天使的脸部：美丽的眼睛，微笑的嘴唇。

跑车的引擎声与车灯的光亮打断了她的工作。她停下画笔，却没有回头："跟你说过不要来打扰我工作，不按时画完，我会被罚钱的。"这条荒路平时极少有人走，所以她似乎笃定自己知晓来者是谁。来人并未答话，这让她有点惊讶，于是她扶着梯子扭头向后看了一眼。

就在此刻，那辆跑车忽然加足马力撞向那堵墙，梯子和临时照明灯瞬间倒下，女孩摔在地上，惊惶地向一侧滚动避让。墙的表面被撞出一个浅坑，墙上的油彩纷纷碎落，天使图案已经不见了。

只见那辆跑车倒车回去，在原地停了片刻。就在女孩挣扎着站起来的时候，车再次呼啸开来，将她撞倒，又是一次倒车，第二次反向碾过她。

一切只发生在片刻之间。

随后跑车熄火，有人打开车门走出来，脚步踉跄，周身发抖。那人扔下跑车，向通往"卢梭小镇"的小路快步奔逃而去，只剩下满地被跑车轮胎拖曳开的血迹，像是孩子无心的涂鸦，还有更多鲜血从车底下涌出来，渐渐凝固在倒下的临时照明灯前。

人工湖畔的步道上，有人走路碰到了正在扫地的清洁工，发出哎呀一声。这声短促的惊呼让零星的路人回头观望。方才撞墙的声响却无人听见。因为华丽世界与荒凉世界之间，隔着那座巨型的"长安888"。

## 1. 偷窃癖

恰如狄更斯的描述，这是一个最好的时代。

在这个时代，无论富豪还是平民，都可以拥有他们的律师。

有的律师事务所就跟糖果店似的租住在门面房里，招牌矗在人行道上，开门迎客，服务那些跟人打架的卖菜阿姨与讨薪的进城务工人员。

有的律师事务所在商住两用公寓里，房租实惠，受理的不外乎小康人家的纠纷。

甲级写字楼里的律师事务所自然又上了一个台阶，这些事务所都坐拥企业客户和大案子，否则也租不起这里。

我供职的律师事务所则深藏于一栋闹中取静的老宅子里，曲径通幽，连个名牌都不设，进入之后方觉大有乾坤，事务所的名称也正是"乾坤"。

毕业工作一年有半，旁人问起我所在的事务所是做什么业务的，关于民事还是商事？知识产权？涉外？刑事？还是非讼？我只能尴尬地含糊过去，回答"不好说"，或者"什么都做"。

总的来说，乾坤所只服务固定的客户，非富即贵，做的是包括法律顾问在内的全线业务。兼并重组之类自然不在话下，然而工地上出事故死了人，董事长的小舅子喝醉酒打人、表侄子嫖娼，等等，这些乱七八糟的事情也一律归我们应对。

我的上司刚刚就派给我一个任务，来自事务所最主要的客户之一——恒仁集团。这家集团麾下有好几家上市公司，业务范围极广，大至地产与金融，小到租车与卡拉OK。

不过我也清楚，派给我的案子不会和正经业务有关，肯定又是三亲六戚的奇葩小事。

宋律师跟我交代案情的时候，他几乎都没心情把来龙去脉详细讲一遍。大意是，集团某董事的女友在商场里盗窃被抓了现行，在看守所已经待了三个礼拜，现在该董事知会宋律师，让他派个人过去探望一下她，送点寒衣棉被什么的，顺便了解下能否取保候审。又说起某董事，居然是集团排行第二的人物，赫赫有名的唐董事。

这段话信息量很大，如果唐董事的女友都贫困到不得不去行窃，那么我等升斗小民要怎么生存下来？金屋藏娇的身份，居然被扔在看守所已经三个礼拜，董事明明可以早些把她保出来，却故意等到现在，又是出于什么考量？

可惜我的这位上司，正当男人的好年华，而且多金，足够追求高阶生活，偏偏不懂八卦的乐趣。他一本正经地把这些事实告诉我，面对我一脸好奇心爆炸的表情，他耸耸肩，表示这种情况没什么不正常的，我们只管收钱办事。

我兴致勃勃地出门时，宋律师不忘大煞风景地提醒我："别忘了，你只是生活律师，不要又没事找事，横生枝节。"

"生活律师"就是专门替家属去看守所送东西和捎话的律师，判决之前，除了律师，其他人不允许探视，所以有了这么个差事。至于我，在律师事务所里，一个刚毕业不久的律师助理,还是个做不到言语铿锵的女子,我能接到的也就是这种任务吧。

我先是抱着宋律师的五件名牌衬衣,坐地铁送到干洗店。我的这位上司各种讲究,连干洗店都要选最贵的,每次还不放心店员上门取,说是衬衣都很贵,万一堆在货车里被压坏了。

随后,按照唐董事大致告诉我们的他的女友的身高、体重,我"转战"商场,为这位女友选购了一套羽绒真丝睡衣裤,在看守所里穿这种衣服最实用了,又选了一条单人羽绒被,开好发票,便坐地铁直奔看守所。

嫌疑人名叫刘舒曼,果然是大美人一"枚",高挑修长,身材比例相当好,尖下颌,眉眼抬起来看向我时,让我这个女人竟然也有几分惊艳的感叹。她那近乎英武的浓眉斜扬向上,幽深美艳的双眼真是造物主的杰作。即便在这样的场合,坐在铁栅栏后的椅子上,草草扎着一个马尾,脸色枯黄憔悴,嘴唇裂开了,也遮掩不住她的光彩。

她的衣服应该还是被现场抓住时穿的那身。三周前,一件米色中大衣御寒倒是足够了,现在这件大衣皱巴巴的,她抱着双臂，一副冷得不行的样子。提审室里的空调遥控器坏了，开不了热空调，不知监房里如何。

我把睡衣和羽绒被交给看守所的管教转交。我告诉她物品清单后，她咕哝着："大白天的怎么能穿睡衣呢？还是睡衣裤哎。"又抱怨道，"这是打算让我在监狱里过冬吗？"

然后说起她那天晚上在"长安888"被抓的经过，她一个劲儿地赌咒发誓，说肯定不是她干的，是别人冤枉她。嫌疑人一开始都这么说。我提醒她，这是律师会见，只有监控摄像，不允许监听的，所以大可以跟我讲实话。

刘舒曼一副不屑的样子："这我能不知道吗？"

原来她已经是几进宫了，她有偷窃癖。被人包养，闲得无聊，精神空虚，深感孤独，寻求刺激，希望得到他人的注意，她满不在乎地自嘲着。她常年看心理医生，每周花钱躺在舒服的长沙发上和心理医生聊天，还试过森田疗法①、格式塔疗法②、埃里克森③传人的催眠治疗。结果她

---

① 日本森田正马教授创立的精神疗法。
② 美国皮尔斯博士创立的精神疗法。
③ 美国著名精神病学家。

还是忍不住经常到超市里顺几瓶 187 毫升的黑品诺①,把偷来的丝袜塞进靴子里。到餐厅她都忍不住要把纯银刀叉揣进手包里。

"我是病了,我不是罪犯。"她脸色苍白而郑重地对我说。

我很不厚道地觉得有几分好笑:"我们当然可以申请精神鉴定,但是你不是说你没有盗窃吗?"

于是刘舒曼跟我详细讲了那天晚上的"误会"。她到"长安888"闲逛,珠宝柜台在五楼。当时她觉得有点不舒服,就在靠近通道的窗户边上呼吸新鲜空气。有个女人从她身边经过,很快又急匆匆折返,带着商场保安。那女人声称自己的手包被拉开,里面的皮夹不见了。随后那女人恰好在刘舒曼的脚边捡到了皮夹,就揪住她,诬陷她是小偷。

那个诬陷她的女人名叫章缘,她是在做笔录的时候听说的。

---

① 葡萄品种。

我表示，那好办，商场里都有监控，尤其是珠宝柜台的楼层。这年头，监控无所不在，就像造物主之眼，能看见并录下一切。

刘舒曼不假思索地答道："那个方位是监控死角。"

这句话让我对她的怀疑又增加了几分。

我坐地铁去景贤区公安分局，替刘舒曼谈取保候审的条件。新区分局还散发着建筑材料的刺鼻气味，穿过地砖明晃晃的走道，有工人在敲敲打打，好像是水管坏了。

负责此案的刑警名叫许心怡，我们事务所做过调查，她工作多年，原先在市中心某区任职，后来貌似犯了点小差错，她想辞职，局里没批准，就把她调到这个新区来。

许警官是个面貌和善的女人，就是办事有点混乱拖沓。我见到她的时候，她带着个十岁左右的孩子，说是厕所水管坏了，要带孩子去楼下方便，就把我一个人撂在会客室里，一等等了许久。她上楼之后，把孩子锁到她办公室里，又慢吞吞地去冲了一杯热巧克力，问我要喝什么茶，弄得气氛不像警官和律师会面，倒像是街坊串门。

取保候审谈得并不顺利。

我忍不住"横生枝节",问及警方究竟有什么真凭实据。果然如刘舒曼所言,商场五楼靠近走廊窗口的这个角落恰好在圆柱后面,是监控死角,警方没有录像证据。但是刘舒曼是在现场被当事人与保安一同扭获,不可能毫无嫌疑。最重要的是,她有前科。

刘舒曼好几次在超市被抓现行,由于都是丝袜、口香糖、手机壳之类的小物件,达不到立案金额,仅拘留教育了事。然而这一回不同了。照理说如今大家都用手机和信用卡支付,皮夹里不会有太多现金。也是凑巧,那只皮夹里装着一枚刚从珠宝柜台购买的钻戒,发票也一并装在皮夹中。价值十万多的一枚钻戒,算是金额特别巨大,如果盗窃罪名成立,不仅足够入刑,而且得关好些年。

总之人不能放。

我回事务所向上司汇报,宋律师给唐董事打了一番电话,挂机后忍不住揶揄的笑意。唐董事表示:"十万多一枚钻戒算什么金额巨大?给那声称失窃的女人五十万,跟她和解就好了。"宋律师学着唐董事的土豪派头重复了他的原话,接着把我当成唐董事,对着我一阵讲课:这又不是民事纠纷,是公诉案件,怎么和解?那女人不追究不等于公检法不追究,有本事他去跟公安和检察院谈和解啊。

我提醒这位英明神武的上司,土豪未必是法盲,唐董事的言下之意恐怕是……

宋律师瞪了我一眼:"我能不知道他那点阴暗的想法吗?律师花钱买通当事人改变证词是伪证罪①。把他的女人保出来,我们被吊销执照去坐牢?"

恒仁集团毕竟是事务所的衣食父母之一,每年给予的费用是否值得我们为之冒这么大的风险,这个问题很难权衡。或者说,为了这些钱,公事公办的态度肯定是不够的,游走于界限模糊的灰色地带在所难免。

我的上司是教师出身,带有几分清高狷介,他没有去办,也没有明确拒绝,这件事就暂且僵在半途。直到数日之后,许警官主动打电话联络我。

"我打算再给刘舒曼一个机会,如果她能好好把握,没准可以无罪释放。"许警官说话也是慢吞吞的。在手机里听到这句话,我如获至宝,揣上地铁卡一路飞奔赶往公安

---

① 指妨碍作证罪,帮助毁灭、伪造证据罪。

分局。

许警官絮絮叨叨说了好一阵，她身边的孩子不停打岔。其大意是：刘舒曼自述在五楼走廊窗口呼吸新鲜空气，如果她能再仔细回忆当时的情景，提供有力的细节，比如说，当时她在窗外看见什么，又能被印证的话，她就有机会脱罪。

许警官向我解释其中原理：尽管商场监控不能拍摄到圆柱背后刘舒曼的行为，但是能获知她停留的时长。从她站到窗口至当事人经过，前后不超过五分钟，这么一来，要是刘舒曼能证明，她当时真的是一直背对通道，面向窗户的话，她自然也就没有可能聚精会神地选择盗窃目标，并且实施这个精细的行为了。

听完这番话，我对这位女警官的好感升到顶点。眼前这位许警官，简直替我方做了九成九的工作，她这么帮我们，是对我印象特别好呢，还是特别同情刘舒曼呢？看她成天把孩子带在身边照看，果然是婆婆妈妈的人最有爱啊。

我不能辜负许警官的好意，火速赶往看守所。

刘舒曼冰雪聪明，我刚一提示，她就开始回溯当晚情景。她并没有像我担心的那样描述无意义的场景，诸如夜很黑，月如钩，霓虹灯亮闪闪之类。她的描述非常有证据价值。

从"长安888"刘舒曼当时所在的走廊窗户俯视，正是景贤区繁华的背面，毫无遮挡，仅能远远望见隔开建筑垃圾的荒墙。原本这一片少有灯光，刘舒曼应该是看不清什么的。但是根据刘舒曼的叙述，恰好就是那晚，荒墙边点了一盏小小的灯，像是小摊贩用的临时照明灯。借着灯光，可以隐约望见墙上画着一位天使，张开着翅膀。天使左近是一架支起的梯子，有人站在梯子上，看上去像是正在绘制这幅壁画。

我在景贤区各种跑腿，经过这堵荒墙无数次，从未见过有天使，只见过有一段墙体上曾经出现过欧陆小镇风景画，后来那附近还多出过一堆废墟，不久又清理翻修过。

然而刘舒曼接下来叙述的部分，让我惊得险些忘记了在电脑键盘上敲击记录。

当晚的那个时刻，正当刘舒曼向窗外看时，她恰巧望见有一辆豪华跑车沿着荒墙边的路飞快驶来。可能是方向盘没掌握好，跑车的行驶路线忽然偏离，一头撞上这堵墙，瞬间撞毁了天使图案。梯子倒了，那个绘制壁画的人跌落下来，看不清是否被撞到。跑车在原地慌不择路，试图驾驶逃离而无能为力，肇事司机随即干脆弃车而逃。

盗窃案的嫌疑人目击了一起交通肇事案的发生，真的这么凑巧？我转念想到，刘舒曼已经被关了一个多月，看守所里嫌疑人彼此传授经验，没准是她从新闻上看到自己案发当晚有交通事故，时间、地点又契合，便拿来当作佐证。

于是我问刘舒曼是否还记得更多细节，比如说，交通肇事人的大概衣着、步行逃走的方向等等。有些细节新闻里并不公布，仅交警队与目击者知晓。

刘舒曼毫不迟疑地答道，离得太远，未必看得准确，但是她记得司机戴一顶红色棒球帽，穿白色夹克，向西逃跑，是去往人工湖畔步道的方向。

许警官听到我的报告，一脸波澜不惊的表情，表示这个交通肇事案她知道，刘舒曼既然目睹了全过程，就不可能在五分钟时间里同时实施盗窃。"我会去跟她核实一下细节,没有意外的话,她很快就可以回家了。"许警官向我承诺。

数日后,公安分局果然通知我去办手续领人。

我满心欢喜地向上司献宝,敲他办公室的门,听见他正忙着打电话。他是个喜怒不形于色的人,很少看见他这么气急败坏,说话就跟要咬人似的。

看见我探头进去,他匆匆结束电话,招手让我走近:"谁让你去给刘舒曼做笔录的?"

我报告说,是许警官给指了一条明路。

"我们律所给你发工资,你去为公安打工?你真有出息。"宋律师又问我当时为什么不立刻汇报给他。我心道,我这不是怕你又数落我"横生枝节",想等有了成果再汇报,给你一个惊喜吗?

宋律师咬牙切齿地告诉我,他两小时前接到恒仁集团办公室主任的电话,"卢梭小镇"卡拉OK有一名保安,朱富贵,集团临时工,犯了案,证据不足,送到检察院以后又被退回到公安补充侦察。眼看这案子就要不了了之,忽然之间,公安奇迹般地发现了有力的证据,因为新证据的出现，这名保安多半会被判处死刑。

这份证据，正是恒仁集团法律顾问机构——乾坤律师事务所提供的。凭借律所青年律师程蔚然，即本人的努力，刘舒曼成为本案的重要目击证人，从而坐实了朱富贵的杀人事实。

办公室主任满腹怨毒地来质问宋律师："我们付钱给贵所，是为了请你们来拆台的吗？就算是一个临时工，被判处'斩立决'，说起来也是恒仁集团的人呀。这种恶性案件，新闻媒体不知道要怎样做文章了，我们的股票不知道要怎样暴跌了！"

很明显，我被许警官利用了，她是遇到朱富贵案件证据不足的危机，故意撺掇我去发展目击证人的。为什么选我，不是她自己直接去提审刘舒曼呢？其一，她认为刘舒曼目击的概率很低，不如派我先去跑一趟。其二，我是刘舒曼的律师，是唯一能让刘舒曼放下戒备，知无不言的人。我完全被她带着孩子、一派迟钝的表象迷惑了，她锐利精密得就跟刀刃似的，是那种划破了很久才流血的好兵器。

我胸闷了许久，没法怪别人，只怪自己热心过度，心易软,还智商欠费。

转念一想,我觉得不对劲:"这只是一起交通肇事案呀。"交通肇事就算逃逸致人死亡,也是七年以上有期徒刑,不至于"斩立决"吧?

宋律师又懒得跟我说话了,仅给我一袋恒仁集团办公室刚刚闪送过来的文件。宋律师已向办公室主任承诺,免费接此案,力保朱富贵不死,力保被害人家属不到媒体胡闹。如果朱富贵被判处死刑立即执行,他便引咎辞去恒仁集团法律顾问的美差,去过吃土的生活。

当然宋律师是不屑于办这一类案子的,他亲自辩护的案子,当事人必须是名流巨贾。所以,出力的人只剩下我,自己惹下的祸事自己弥补。想想也很悲剧,这竟然是拿到律师证以后,我独立接手的第一个案子。

第一案就是铁定挨打的局面,要是连朱富贵的命都没能保住,我不仅无法对事务所交代,工作肯定是丢了,而且以后在圈内找工作也会背着一个大写的"输"字。

"只要做到不死就行了,切忌横生枝节,明白吗?"宋律师惜字如金,不得不多加这一句,完全是被我的屡教不改逼的，幸而我的这位上司总是宽宏大量，既往不咎。我使劲点头，谄媚地把一早取回来的五件衬衣挂进壁橱，又抱起他价值不菲的两套西装，心里盘算着从干洗店到检察院该怎么转地铁。

## 2. 兰博基尼杀人案

朱富贵一案，此前请的是法律援助的律师。

法律面前，人人平等，刑事案件的嫌疑人就算没有一分钱，也有免费指定的律师，除非你坚持不要。

嫌疑人起初坚持不需要律师，这位律师是朱富贵的小妹朱迎弟坚持要请的。所以当我拿着朱迎弟签署的委托书去面见这位律师时，估计这位谢顶大叔有一种被嫌弃了两次的感觉，脸色不太好看，不过还是把材料都交给了我。

朱富贵担任保安的会所式卡拉 OK 名叫"无忧城"，位于"卢梭小镇"人工湖畔，是欧式仿古建筑的独栋小楼。"无忧城"豪华体面，雇员收入却低得出奇，临时工四金都不给交，工作时间倒是一天十二小时，做六休一。

一个多月前的那晚，恰逢朱富贵轮休。他独自在本城打工，年轻，口袋空空，没什么去处，所以入夜时分，还是闲逛到"无忧城"凑热闹。

那晚生意清淡,大家都各自找房间打盹了,没人陪他说话解闷。他看到小楼后院停着一辆银色兰博基尼,很眼熟,是集团租车公司最好的那几辆之一,飓风车型。他认得钥匙,就来到边门代客泊车的钥匙保管箱,拿了钥匙,打算开车兜个风,就立刻把车还回来。

他没有驾照,也不怎么会开车,经过那一片荒墙时,他忽然看到有灯光,还有人影站在那里,心一慌,就撞到墙上。他当时头脑立刻空白,也不清楚是否撞到了人,恐惧中打算驾车逃走,倒车回来,猛踩一脚油门,他感觉好像车轮碾过了什么,慌乱之中再次倒车,操作不当导致车熄了火。他周身战栗,说什么也不敢再驾驶了,扔下车,慌张地跑步逃离现场。

回到租屋,他惊魂未定,发现自己脚上竟然沾着血迹,意识到很可能撞死了人。闯下大祸,他估计自己十有八九会坐牢,就立刻决定回老家一次。他拿出所有积蓄,搭乘午夜火车,外加徒步,四个多小时回到了内地的枣树村,唤醒一家老小。

奶奶把家里唯一的老母鸡杀了炖给他吃。他是家中最小的男孩，奶奶最疼他，流着眼泪对他说，她已经这么老，也许等不到他坐牢出来，这大约是最后一次杀鸡给他吃了。

他向父母、大伯、二舅和奶奶告别。他没能见到三个大哥，他们都离村讨活路去了，和他一样。他也没能见到关系最好的小妹朱迎弟，朱迎弟在另一个直辖市做保姆，距离太远。他吃了鸡，睡了两个小时，就开始往回赶。回到本市，大约中午十一点，他让"无忧城"的保安队长陪着去交警队自首。

直到那时他才知道，跑车和尸体是在午夜被发现的，正是他乘上火车的时候。报案者恰好也是"无忧城"员工，夜班下班骑自行车回家，租屋在城郊，恰好路过这里，借着微光，看见满地是血，被吓得不轻。

被撞死的人是个女的，名叫杜兰兰，美院学生，接了"卢梭小镇"装修队的活儿，给这片荒墙"美容"。她的父亲是景贤区环卫大队的临时工，也是外来人口。

我在看守所见到朱富贵的时候，他看上去已经饱受惊吓，颀长的身躯蜷缩在带桌板锁的审讯椅里，手指神经质地扭绞在一起，然而眼睛依然带着一股狠劲望着我，牙关紧咬，一副拒不合作的样子。

我介绍说，我是恒仁集团委托的律师。他不信。我拿出朱迎弟签名按手印的委托书。他依然不信。我只能报出集团办公室主任的名讳王红光。我还以为他一个临时工，不太可能知道集团高层的姓名，没想到他居然知道。恒仁是家本土企业，特别爱好进行企业文化宣讲，据说集团高层的照片在下属企业都有陈列，镜框高悬，配着大名。

"王红光"三个字仿佛暗语，朱富贵听到立刻把我当作了自己人。他捂住脸，我以为他怎么了，后来才发现他在哭。他的肩膀抽搐着，胡乱用手掌抹着脸上的泪水。

"他们说会判我杀头，我不想死，我不想死啊。"他反复问我，到底会不会杀他的头。

我说："那得看你到底犯的是什么事，你得跟我说实话。"

他忽然抬起头看了我一眼，不是打量，是很深地注视了片刻，就像要从我脸上找出什么答案似的。我这才觉察到，这是一个好看的年轻人，脸部轮廓挺拔，眉骨高耸，双眼深邃幽暗。这个月在看守所可能思虑过度，他显得消瘦苍白，退去了体力劳动者的混沌之气，添了几分迷人的忧愁。

就在审视我过后，他脸上掠过一阵疑惑，随即害怕和激动的表情全部消失了。他的眼神变得淡漠，抿紧嘴唇，宛如一架留声机似的，向我复述了以上的案发经过。

案件发生的过程跌宕起伏，他说得仿佛在念一份笔录似的，也果真说得与此前的几份笔录没有丝毫出入。估计是被提审了太多次吧，我心想。我做完笔录，打印出来，交给他签字。他又开始一个劲地问我："我会不会死？我还年轻，不想死。"

我答道："要是你说的全部是事实，这就是交通肇事罪，不会判死刑。不过，从其他的材料来看，情况似乎完全不是这样的。"

想起宋律师关照我切勿"横生枝节"，我觉得自己已经说得太多，立刻闭嘴，端出一副严肃冷漠的态度给他看。

这起案件，起初确实是被作为交通肇事案来处理的。经交警部门认定，朱富贵无证驾驶，发生交通事故后没有及时报案处理和保护现场,而是弃车逃逸,致人死亡,应负事故的全部责任。交警队出具了"全责"的道路交通事故认定书,便将此案移送至区检察院。

景贤区检察院设立不久,从外区检察机关挖来好几位精英。当时有位老检察官冯树,甫一上手便感觉此案大有蹊跷:按照交警队对现场痕迹的记录,跑车撞墙一次,随后正向碾过杜兰兰一次,又倒车碾过她一次,但是后两次都及时刹了车,并未撞到后方的行道树,也没有再撞到前方的墙。要是如朱富贵所言,第一次撞向杜兰兰以及后面两次碾过杜兰兰的操作,全都是他不熟悉驾驶,慌乱所致,那么碾过人以后的两次刹车未免也太准确了。

这位冯检察官坚持请新区刑警队介入调查,刑警队接下这个任务的便是许心怡警官。

第二次的调查结果让人大跌眼镜。朱富贵刚成年时便有过驾照,还是A照,他当年外出跑运输,因为疲劳驾驶造成三车追尾,一人死亡,被吊销驾照。所以他由于不熟悉驾驶而撞死杜兰兰的说法是不成立的。调查还发现,朱富贵与杜兰兰都来自枣树村。

据说许心怡警官有"拖拉机"的美誉，不是形容她慢吞吞的风格，而是她喜欢像一台真正的拖拉机那样翻地，缓慢而持之以恒地把每一寸土地都翻个遍。当时许警官亲自去了枣树村，带回来的村民笔录是：朱富贵不但认识杜兰兰，而且他们青梅竹马，双方家长还曾经为他们谈婚论嫁。后来杜兰兰考到镇上念书，两人才逐渐生疏，最终分手，村里的人都知道，是杜兰兰甩了朱富贵。

据说朱富贵试过一切努力去挽回，日夜倒班跑运输挣钱，借钱在镇上开炸鸡排连锁店，跟着建筑队打工，等等。只是他比较倒霉，屡试屡败，反倒与杜兰兰差距越来越大，村里人都说，他再也不可能配得上她了。

朱富贵对此一直心存怨愤。加上杜兰兰勤工俭学绘制壁画时，被路人拍照传到网上，成为新晋网红"兰草妹妹"。坊间传言，恒仁集团唐董事的公子正在追她，这些朱富贵不可能不知道。景贤区千万人中，朱富贵偶尔一次偷偷开了豪车出来兜风，谁也不撞，偏生如此惨烈地撞死了杜兰兰。推测他来找杜兰兰要求复合，遭到拒绝，或者因嫉妒兴师问罪，遭到奚落，一时冲动以驾驶的跑车行凶，这种动机也是非常合理的。

至此，交通肇事案变成故意杀人案，案件被从区检察院提交到市检察院六分院公诉处，因为有可能被判处无期徒刑与死刑的案件都是市级检察院负责的。

我看到朱富贵此后的几次笔录，在得知案件性质变化后，他表现出强烈的恐惧，笔录中记载了多次他长时间的停顿、沉思与哭泣，但是他交代的内容依然出奇地稳定。

问：你以前有过驾照，跑过运输，为什么之前说不会开车？

答：我是不会开车，我现在没有驾照了，那（有驾照）是很多年前的事情了，我早忘记怎么开车了。

问：你认识杜兰兰吗？

答：（哭）认识。

问：你知道你撞死的是她吗？

答：进来以后（被拘留以后）你们审我，我才知道的。

问：你为什么要撞死她？

答：（沉默十分钟）我情愿撞死的是别人，不是她。

问：朱富贵，你要诚实地交代问题。（政策教育十五分钟）

答：我真的不想撞死她的，我不知道是她。

问：你撞了她三次，碾过她的身体两次，你说你不想撞死她，那你为什么这么做？

答：（哭）是我撞死她的，可是我不是故意的。

问：故意不故意，不是你说了算的，证据摆在这里，你还是老实交代你的动机。

答：太黑了，我没看清就撞上去了，我不会开车。

案件的经办人如今是市检察院六分院的钟梵声检察官，公诉界赫赫有名的"死神"。我并未能与他照面，他被借调到首都协助办理一个大案子，还未归来。接待我的是他的徒弟凌云，据说是刚收入门下的亲传弟子，一名年纪与我相仿的女检察官助理。她穿着合身的制服，留着俏皮利落的短发，容颜灿烂，笑容闪闪发光。

我带着几分羡慕地打量她，想到自己挂着一张苍白的脸，一对熬夜刷手机的黑眼圈，长发胡乱盘在头顶懒得修剪，我从来就不属于阳光。

凌云陪我去律师接待室调阅卷宗，她性格热情率真得很，跟我聊网红零食，聊公交线路改造，聊着聊着就发现我们俩居然是校友。其实并不意外，本市最好的政法大学就这么一家。她比我高两届，然而从心态上，我觉得自己比她衰老，老了不止二十岁吧。

或者说，我应该提醒自己，我根本没有资格与她相比。这倒不是说检察官与律师的地位有多么泾渭分明，而是因为我是一个罪犯的女儿，我的父亲依然在服刑期间，无期徒刑。当时的公诉人正是钟梵声。当时我正在念中学。

阅罢卷宗，我忍不住又多事地打电话给凌云，约她面谈。从一件交通肇事案卷宗的要求来看，现有的证据貌似很齐全，有交通事故勘查时拍摄的现场照片，有复原图，还有嫌疑人指认现场的笔录和照片。然而从一桩杀人案的角度来审看这份卷宗，这个案子除了嫌疑人自己坚定不移的供述之外，还欠缺很多实际的证据，没有跑车内的指纹记录,现场没有脚印勘查,这片荒墙附近的监控也是近期才启用,所以没有当时的任何录像资料。

凌云说,这也是没办法。这案子起初是被当作交通肇事案来勘查的,交警部门的办案习惯与刑警不同,一个案子,司机来自首,现场的痕迹也都对应,拍照留证之后,现场就清理掉了,车也交还给租车公司。要不然成千上万的交通事故没法高效率地处理完。

正因如此,等到怀疑这可能是一起杀人案的时候,已经没有任何痕迹可供采集,刑警也是无能为力。

"幸好有一份关键的目击证词,真是天网恢恢。"凌云指的就是刘舒曼的证词。

朱富贵的笔录中提到过一些细节,比如他当天的衣着是一顶红色的棒球帽、一件白色夹克,他撞人后弃车而逃,慌乱中记得是沿着人工湖畔的步道跑回租屋的,这些都从未在媒体上公布过。刘舒曼恰恰说到了这两个细节,不仅证明了刘舒曼确实亲眼目击案发经过,而且印证了朱富贵的供述真实不虚。

印证,是刑事证明中重要的方法与技巧。看来我的这位校友跟师父学得还挺快。

我没好意思说，这份关键证词还是我提供的，只能讪讪地表示："间接证据总没有直接证据来得可靠。"

凌云忽然戒备地看了我一眼："程律师，你不会像那些偷鸡摸狗的律师似的，专门靠找公检法的小疏漏来做文章，把我们好不容易取证锁定的坏人放走吧？就像这个案子，嫌疑人这么残忍地杀死了前女友，差点就被当成普通交通肇事，我们走到这一步有多不容易你知道吗？"

这位钟梵声检察官的新弟子心直口快，连"坏人"这个词都用上了。我顿时尴尬，幸好按照宋律师的指示，这个案子并不需要在证据上过多地找碴，无论是做罪轻辩护还是无罪辩护，风险都太大。

最稳妥的方法是，积极与被害人家属沟通，给付一笔令对方满意的经济赔偿，取得一份谅解书，通常情况下，法官会酌情轻判，例如判一个死缓，朱富贵的命就算保住了。这是一个两全其美的方法，被害人家属出具了谅解书，自然也不会再找媒体大肆渲染。

说起来，恒仁集团非常好面子，王红光主任特地私下授意，只要此事温和过渡，被害人家属不去胡闹，不出现死刑重判这种丑闻，集团愿意出一笔钱做个和事佬，但是赔偿金额不能超过四十万元人民币。

我了解罢案情，便怀揣"令箭"前往会见杜兰兰的父亲杜威。

会面约在杜威住的出租屋，地址在荒墙的另一侧，是景贤区规划中还未建起的"卢梭小镇"第三期地块。我沿着碎石荒径按手机定位步行，几乎开始怀疑定位出了偏差。终于找到地址后才发现，这并不是居民住房，而是一处废弃待拆的厂房，窗玻璃都是碎的，多个形状不一的黑洞肃然眺望着荒墙另一边的繁华，建筑物外墙破损已久，滋生着野草，周围还堆满建筑垃圾。

只有一个门牌号，并不知道杜威究竟在这栋巨大建筑的哪个角落。

电话拨不通，我只能硬着头皮走进去。建筑物里散发出让人难以忍受的臭味，地面潮湿粘脚。上楼，有一排三夹板搭建的隔间，外面的挂绳上晾着衣服，我正犹豫应该去敲哪扇门，一个高大的身影蓦地从暗处出现，吓得我惊叫一声。

"程蔚然,好久不见。令尊还在监狱服刑吧?"站在我面前的是我的大学同班同学韩志宇,也是我的前男友。

他穿着一件并不合身的休闲西装上衣,背着个双肩包,横在我面前,语带讥诮:"看起来你过得不错,又开始做你上流社会的大小姐了吧。乾坤律师事务所的女律师,专门服务土豪阶层,你不是专门替恒仁集团跑腿的吗?怎么纡尊降贵替一个保安辩护,还亲自移步到此地呢?我们受宠若惊啊。"

从他身后畏畏缩缩地走出一个佝偻的老人,披着件打补丁的棉袄。韩志宇介绍,这位是被害人家属杜威,丧女老父,他便是杜威委托的诉讼代理人韩律师。

韩志宇的外形与朱富贵有几分相似,都是身形高而健壮,脸部轮廓挺拔,眉眼深邃,非常情绪化又习惯忍耐。还有就是,他与朱富贵一样,也对前女友怀着满心怨毒。

按韩志宇的说法,他和我的趣味依然有着天然的差别:我选择在乾坤律师事务所,他则更喜欢为穷人辩护,供职的律所就开在城乡接合部的土路边,大门洞开面朝菜场,就跟一个煎饼摊似的。

我勉强挂上一副公事公办的笑容，表述了我此行的意图，希望杜威能接受我方当事人诚恳的道歉和经济赔偿。当事人经济能力有限，但是赔偿金额会尽量做到令老人满意。

韩志宇连说了三声"好"，我就知道这场谈判肯定艰难。我了解他的性格，他这个人很拧巴，说话做事都喜欢反向而行，因为他从不愿意直接暴露自己的意图。

韩志宇说："看见你出现，我真的是放心了。大家都是破瓦的话，也没的玩。现在我们是破瓦，你是瓷器，难得能有狠狠敲你一笔的机会，我要是轻易放过了，怎么能体现出我这个律师维护当事人正当权益的重要作用呢？"

## 3. 冤家路窄

杜威看上去是一个怯懦的老人，见人的时候连背都伸不直，说话唯唯诺诺，基本不发表意见，由着韩志宇发挥。他也不像大多数被害人家属，在谈赔偿的时候用哭来增加气势。他一脸麻木，甚至没有悲伤的表情，皱纹如刀刻，看上去更显出一种绝境中的凄凉。

我请他们先提一个赔偿金额的方案，我们好就这个方案开始谈判。韩志宇双手交叉抱在胸前表示，谁着急取得谅解书，谁先开价，总之他们现在并不着急。

我别无选择，审慎地先提出二十五万元这个价位。对于杀人案，如果是刑事附带民事赔偿，也就几万元的金额。如果单独进行民事诉讼，没有达成和解的话，法院判决金额一般在二十万元出头。所以我提出的这个金额既显得有诚意，又给四十万元的上限留了余地，不怕对方往上抬价。

韩志宇顾左右而言他："要是这个案子不是故意杀人案，还是交通肇事案，赔偿金额就高多了吧？"今年交通肇事致人死亡的赔偿金额标准是农村户口五十几万元，城市户口一百万元以上，还不包括丧葬费、抚养费、精神赔偿金等等。

我答道："我们也希望这是一起交通肇事案，朱富贵最多判几年有期徒刑，可是就算你我都愿意这么定罪，法院不愿意也没用。"我心想，如果仅是交通肇事案，今天也不会是我在这里和你谈赔偿谅解了。

"故意杀人案中的被害人死得更冤，家属得到的赔偿反而这么少，从家属角度来看，这是不是有点不公平？"韩志宇淡淡地笑着望定我。

他喜欢这种方法，用迂回的讨论来表达实际意图。我很想对他说，这种漫无边际的讨论毫无意义，不就是想要抬高价格吗？直接报价不是更省事？

可惜我没有资本这么说，他提出交通肇事赔偿标准，事实上是告诉我，他们的心理价位在八十万元左右，比四十万元整整高出一倍。这个价位我没法做主，所以我只能陪着他绕来绕去，唯愿能在我的预算范围内再加上一些其他条件，把谅解书拿下来。

我开始拍脑袋："所有车辆都有交强险，最高赔偿金额十一万。租车公司肯定还买了商业第三方责任险，租车公司是恒仁集团的下属企业，买的保额应该不会很低。稍后我联系一下保险公司，保险金加上我方当事人提供的赔偿金，应该能达到你们的要求了吧？"

韩志宇说："如果不是你的当事人故意制造交通事故，我们倒是至少可以得到这笔保险金。故意制造交通事故，保险公司一分不赔，这条款你都不知道吗？"

我知道，我只是被绕晕了。

谈了好些天，我依然想不出怎样把四十万变成八十万。

我想过，这四十万是集团办公室支付的，集团下属企业的财务是独立核算的，比如"无忧城"卡拉OK和租车公司。也许我可以从"无忧城"争取一部分金额，他们保管箱的车钥匙被拿走，是否有保管失当的责任呢？"无忧城"表示，这钥匙是被朱富贵偷走的，要是有人厨房里的刀被偷走，然后被拿去杀了人，失主要担责吗？

我又想，租车公司作为车主，也许可以负责赔一部分。租车公司表示，现在这已经不是交通事故的性质了，是故意杀人。如果出了这样的事情都要车主负责，那么用刀做凶器的案件这么多，生产刀具的公司都要赔死了。

估计韩志宇也是早已反复想明白了其中的利害关系，这才把我列为主攻环节。

我无计可施，打算干脆先谈定一个最低金额，直接向王红光主任汇报及请款，没准集团办公室财大气粗，差二三十万，直接大笔一挥就批了。于是我筋疲力尽地对韩志宇下了最后通牒：要么报出他们的心理价位，我们开始具体讨价还价，要么就等他们想清楚以后再找我谈，我还有别的案子要忙。

韩志宇镇定地报出一个数字："一千万。"

想钱想疯了吧？让一名身为保安的嫌疑人赔出这笔巨款，简直是荒唐至极。四十万和一千万，怎么可能谈出一个共识？我生气地谴责韩志宇："你要是一开始就不打算跟我谈出一个结果，为什么还要跟我绕来绕去，浪费我这么多时间？"

韩志宇说:"我们当然是打算谈出一个结果的,这一千万,我们要定了。"

他的态度很有底气。他身边的杜威无措地瞟了他一眼,又瞟了我一眼。

"这根本不可能啊。"我绝望地想到宋律师即将被解雇的命运,以及我即将丢掉的工作,当然还有我的当事人即将丢掉的性命。

韩志宇开始奚落我:"你不是总觉得所有主动认罪的嫌疑人都是被冤枉的吗?你念法律不就是为了拯救这些人吗?你大可以为朱富贵做个无罪辩护嘛,他不就不用死了?你们也可以省了这笔赔偿金。"

韩志宇说得没错,我确实有这个情结,因为父亲当年就是主动认罪的,而我内心从来就不愿相信他真的实施了那起卑鄙的商业诈骗,侵吞了投资人的所有款项。这场变故摧毁了我的整个高中时代,母亲原本希望我从此远离是非,我却填报了政法大学。我酷爱"横生枝节",潜意识里希望为每个嫌疑人做无罪辩护。

我不知道爱侣分手以后,有多少男性可以表现得不像一个渣男,我的运气显然就没这么好,韩志宇居然故意拿我的痛处来戏弄我。

我不置一词,果断从黑乎乎的矮板凳上起身,抓起地上的提包,转身便走。韩志宇顺便给我补了一刀:"程大小姐,你自己要是没能力做无罪辩护,你不是一直有贵人相助吗?你可以找你的'长腿叔叔①'帮忙嘛。"

韩志宇口中的"长腿叔叔"便是宋俊伟律师,我如今的上司。他曾是我高中时代的英语老师和班主任,目睹我父亲受审入狱,资助我念大学,一直与我保持书信往来。

此后据说因为一桩地产纠纷,宋老师对法律正义产生兴趣,自学参加司考,居然一考而过。他又有一班企业界的老同学,在我毕业时,他已成为宋律师,乾坤律师事务所合伙人,做得风生水起,便顺理成章地继续照看我,将我纳入麾下。说起来,他真是我的贵人。

于是韩志宇怪声怪气地把他称作我的"长腿叔叔",把他列为假想敌,我们恋爱时,韩志宇便喜欢针对宋俊伟的存在冷嘲热讽。

---

① 指简·韦伯斯特所著小说《长腿叔叔》中的人物。

宋律师听了"一千万"这个开价,剑眉高举,沉默了几秒钟,没有生气,反而扑哧一声笑出来:"要不是我知道案情,我都要以为他们是被跑车晃花了眼,特地来碰瓷的呢。"

与韩志宇谈崩之后,我专程到干洗店取宋律师的两套西装,抱回来,一心要在他的视线里给他挂进壁橱。结果他恰好连着接待三批客户,忙得飞起,我盯了他一整天,终于让他看到了我的乖巧。我灰头土脸,一心等他给我出主意。

我问宋律师怎么办。

他耸耸肩,对方既然开出这种不可能的价格,就是明摆着不愿意谅解。

谅解书肯定是拿不到了,韩志宇为了给我们压力,在法庭上必定会代表被害人家属要求严惩凶手,局面就会减分更多。死刑一旦落定,媒体蜂拥而上,我们就算是彻底得罪了恒仁集团这个客户,这也是无可奈何的事情。

事到如今,宋律师建议,不妨化禁忌为神兵利器,干脆由着我放肆地"横生枝节",死马当活马医,放手辩辩看，没准能把朱富贵的命保下来。就算保不下来，至少做到尽力而为，也算为平衡法律机制、维护公平正义做了贡献。总之我们师徒二人下半辈子是不是吃土，都看我的运气如何了。

我想问宋律师具体有什么建议，他已经开始闭目养神了。自从他卸任中学教师，进入律师行业，面谈以小时计价后，他就感觉前半辈子诲人不倦是亏大了。

对着一堆卷宗绞尽脑汁，我面临两个选择。其一，罪轻辩护，按照朱富贵的口供，主张不是故意杀人罪，是交通肇事罪。这一方案是拿鸡蛋往最坚硬的证据上碰。现场照片和复原图摆在那里，撞倒一次，碾过两次，连举枪杀人都不一定能瞄得这么准。

剩下的就只有无罪辩护这一条路了。这一方案看起来是兵行险招，冒天下之大不韪，实际上恰好可以针对本案现有证据链的最大弱点。

还真应了韩志宇那个浑蛋的话，我的第一案就要为已经认罪的嫌疑人做无罪辩护。

开庭之日转眼便在眼前，定在市第六中级人民法院第九法庭。

我央求我英明神武的上司，请他务必出席旁听我第一次开庭，就像当年参加我的大学毕业典礼一样。他摇头："我去了，你反而会紧张的。"

结果开庭那天，我还是看到他的手机位置在向法院方向移动——他的手机一早就被我偷偷设置了定位共享。眼看他已经抵达半途，我收到他的微信，说是他的宝贝法拉利被剐蹭了，急着送去美容，不能来听庭了，勉励我自求多福。

我第一回身穿簇新的律师袍走进法庭，隐约觉得众人的眼神有点古怪。

韩志宇并没有穿律师袍，他坐在法官右侧的代理人席位上，假装不认识我。身边的公诉人席位上坐着检察官钟梵声、检察官助理凌云。凌云正笑眯眯地看着我。原来这个中院的空调系统正在维修，所以尚未要求穿着律师袍。坐下没多久，我就感觉寒冷彻骨，又不好意思在大袍外面套上羽绒服。

我安慰自己，没关系，战斗会给我热量。待检方举证完毕,我就立刻火力全开,列出先前从卷宗中仔细找出的所有纰漏。

我指出,案发现场的照片、复原图以及尸体本身,充分证明了这是一起惨烈的故意杀人案。朱富贵投案自首,从头至尾都没有翻供,所以一直是本案唯一的嫌疑人。可惜在这起杀人案与朱富贵之间,除了嫌疑人自己的供述,朱富贵与这起凶杀案之间并无证据纽带,没有任何客观证据可以把嫌疑人和这个事件联系在一起,也没有任何客观证据足以证明朱富贵确实就是驾车行凶的人。

"所以依据疑罪从无的原则,我认为根本不应该给朱富贵定罪。"我尽量言语铿锵地把这个观点清楚大声地说出来。

此言一出,举座皆惊。旁听席上有人窃窃私语:"这小姑娘还挺厉害……"随即立刻被法警制止。这是由于在大陆法系的刑事法庭上,面对公诉人,被告人辩护律师基本采取温和的态度,辩论一下定罪性质也是可能的,而主要还是求情轻判,像我这样一上来就抱着颠覆全局的野心,的确比较出格。

公诉人席位上，凌云满脸意外，侧脸去看她师父，钟检察官抛给她一个微笑的眼神。如果我没有看错的话，钟梵声竟然在默默点头，像是赞许的神情。韩志宇埋头在做笔记，显然是在记录我说过的话。

凌云发言道，因为朱富贵自首，交警部门确实没有及时采集现场的生物证据，但是鉴于出了人命，交警队特地带朱富贵做了现场指认，拍照，并做了笔录。

从现场指认的资料来看，朱富贵可以准确地指认出行驶路线和撞击点，这与交警复原的现场图完全吻合。他还从许多钥匙中识别出这辆跑车的钥匙，并能够认出跑车的内装饰。这些证据已经足以将嫌疑人与本案联系在一起，证明他就是当时的驾驶者。

我将卷宗翻到标记的一页，阐述我此前的发现。

在朱富贵的现场指认笔录里，交警让他指出第二个撞击点的位置，朱富贵的回答是"这个消防栓的左边"。大家阅读卷宗的时候，都想当然地认为，"左边"就是指现场复原图上所指的西边。其实仔细看一下朱富贵现场指认的照片，他站立的方式并不是面对荒墙，而是背对荒墙，所以他指出的"左边",实际是消防栓的东边。也就是说,他并没有能准确无误地指认现场轨迹,因此这份证据是不成立的。

凌云注视我的目光中写着大大的"鄙视",我到底还是成了她所不齿的"偷鸡摸狗的律师"。公安与检察机关用心用力采集罪证,工作繁重必有小疏漏,身为律师,我就靠挑这些小漏洞来使证据无效。可是除此之外,我还能做什么呢?

至于车钥匙和内装饰的指认,我提请法庭注意,这辆银色兰博基尼属于恒仁集团下属租车公司,该公司与"无忧城"是兄弟企业,往来甚密,且是邻居。这辆车也常被"无忧城"的高管们租借出来,停在小楼后院。朱富贵在笔录中也提到过,他在案发之前就对这辆车非常熟悉,而且能认出车钥匙。

凌云还击,她指出,即便指认笔录无效,公诉方还拥有最关键的目击证人的证词笔录。

朱富贵在笔录中阐述了一些仅为亲历者所知晓的隐蔽性证据,诸如案发时,他戴着红色棒球帽,上衣是白色夹克,他是往人工湖畔步道方向逃跑的。目击证人刘舒曼的证词中清楚地提到了这些细节,与朱富贵的供词完全吻合,相互印证。

我当即反驳,刘舒曼证词中最重要的细节还有一项,便是荒墙上的天使壁画,但是朱富贵在供词中从未提及,方才当庭询问被告的时候,他的回答是"不记得墙上有这样的图案了"。

荒墙上是否出现过天使壁画?我询问了每天或隔天途经这堵墙附近的六名景贤区居民,他们没有人记得这堵墙上有过天使的画像,但是都能描述墙上欧陆小镇的壁画。也就是说,如果天使画像曾经出现,应该也仅在杜兰兰被害的当晚。她在夜晚绘制成了壁画上天使的这一部分,随后被行凶的跑车撞毁。所以如果朱富贵供述看见过这幅画像,并且能描绘天使的外貌,这才是阐述了"仅为亲历者所知晓的隐蔽性证据"。

根据朱富贵的笔录,当时他是看到灯光才撞到那堵墙,交警的现场照片中也有一盏倒地的临时照明灯。加上杜兰兰遇害时正在绘制壁画,照明灯必定是朝着壁画的方向,画师才能在黑夜中看清自己如何下笔，也就是说，如果天使画像曾经存在，这应该是黑暗中唯一一块最容易被看清的部分。如果朱富贵连一个消防栓都能看见并记得，他又怎么可能"不记得"这么显眼的壁画人物呢？

当然有另一种可能，就是天使画像根本没有存在过，那么目击证人的证词就是虚假的，她描述的另外两个细节与朱富贵供词相印证，也只是巧合而已。

比如说，红色棒球帽和白色夹克，这是秋季很普通的穿着，刘舒曼完全可以随意捏造这样的细节。况且，朱富贵供述的红帽、白衣从未被找到过，包括他供述中沾血的鞋子。他自称是在坐火车回枣树村之前特地换掉，扔到人工湖里了。然而他当时已经决定要自首，又何必毁灭证物呢？这在逻辑上说不通。

我觉得我当时应该是技惊全场，或者是用力过猛，把法庭上的众人给"雷"到了，所有人的眼睛都齐刷刷看向我。我记得当年父亲的案子最后一次开庭时，我不听母亲劝阻，偷偷前去听庭，坐在旁听席上被记者认出来，众人一起扭头看向我，也是这样的局面。

一不做，二不休，我抛出最厉害的撒手锏。

我请有关机构做了一个车辆撞击的反坐力测试。跑车撞墙的那一击，撞碎相似硬度的墙体，撞击力不能让安全气囊打开，但是并不等于驾驶者没有受伤的风险。根据测试，如果符合现场撞击角度，驾驶者握着方向盘的手应该受到了较大冲击，单手受伤的可能性在九成以上，软组织挫伤或者骨裂。

因此我向法庭提交申请，要求对朱富贵的双手进行检查与鉴定。这么一来，法庭便不得不中止审判，等候鉴定报告，再进行第二次开庭。

我谨记宋律师的名言：胜局在握，须速战速决；败局当前，拖延寻转机。如今形势对我方百般不利，当然是必须想尽方法拖时间，就算是让朱富贵晚几个月被宣判，多活一段时日也是好的。他只要还活着，我便还没有输。

再看朱富贵在被告席上的表情，他就像在观摩一场大型的魔术表演，我的打法让他目瞪口呆。

法官询问诉讼代理人有什么意见。韩志宇不慌不忙地发言道，嫌疑人用跑车撞倒被害人一次，碾过两次，手段极其残忍，被害人家属强烈要求法庭严惩凶手，从重判决。不过嫌疑人杀死被害人的动机存疑，他们已经分手这么久，有什么理由痛下杀手？这一点还希望法庭进一步调查，是否其中另有隐情。

"为一段早就被证实不可行的爱情，赔上自己今后的大好人生，这没有必要吧。"韩志宇说这句话的时候，意味深长地远远看着我。

真是一场芒刺在背的开庭啊。

开庭结束，我逃避不及，果然被率直的凌云挡在门前："我真是看错你了，还以为你跟那些律师不一样，没想到也是只会找找漏洞，无理取闹……"她这番话刚讲到一半，就被钟梵声制止。钟检察官看上去比七年前老多了，须发皆白，唯有气度丝毫没变，儒雅温润。

他当着我的面责备凌云："怎么能这么说话？这是她的职责所在。我们和律师岗位不同，然而都是为着公平正义。"

凌云不服气："有本事她就不要只在我们的努力上找碴，她倒是自己提交一些有建设性的材料给法庭呀！"

钟检察官摇摇头，一脸没法跟这位新徒弟讲道理的无奈，转过身来对我微笑："你辩得很好。"又对我说，"你选择了法律这份职业，我很高兴。"

原来他还一直记得我。

提着律师袍的袋子坐地铁，千载难逢，接到宋律师的电话："提着这么重的材料去法庭，你也不打个车，还坐地铁！我每月高薪供着你，你至于这么省钱吗？"

我吓得左右张望，车厢里都是陌生而疲惫的面孔，热爱跑车的宋大律师怎么可能纡尊降贵出现在这里？这才意识到，我给他设置了手机定位共享，所以他一样能看到我的位置，他其实什么都知道。

回到所里，第一时间冲进上司的办公室，问他要不要听我汇报一下开庭经过。

宋律师挥挥手表示没兴趣，我那几把刷子，他全部能猜到。

我不信，他便分析道："对方最大的弱点是他们没有任何客观证据，只要有一段监控录像、一份 DNA 鉴定报告，哪怕一个指纹，他们就赢定了，你攻击的肯定是他们这个最大的弱点。然而问题在于，我方的弱点也是同样的。因此，今天的开庭无非是双方拉锯，他们扮演好人慷慨陈词，你扮演坏人胡搅蛮缠、无理取闹。双方都不会有什么成果，结局还是待定。"

简直神了。我表示心服口服，追问下一步该如何出击。

宋律师换了话题："听你妈说，你很久没和她一起去看你老爸了，能跟我聊聊吗？"

我顿时满头满脸的尴尬："你也没比我大很多岁数呀，能不能别扮演我的长辈？"

他乐了："需要扮演吗？我还是你的中学老师呢。"

我埋怨："那你还禁止我叫你老师，一定要称律师。"

他正色道："听那帮小鬼叫了十几年老师，真的听腻了。"

我心里回想着凌云叫钟检察官"师父"，一口一个"师父"，有趣得很。而我偏偏必须生分地唤他"宋律师"。忽然又听宋律师说："我早建议过，如果你想要为你老爸翻案，我可以帮你一起办。"

当晚，隔壁卧室的母亲早已熟睡，万籁俱寂。我躺在房间的大床上,望着窗外半盏月亮随钟点移动,我扪心自问,究竟是否相信父亲有罪?当然,我不愿意相信。然而多年来,其实我也始终不能相信他是清白的。后者才是我最大的心结。

如今为朱富贵辩护,我再次走到这个心结边缘。

我想要为所有主动认罪的嫌疑人做无罪辩护,因为父亲当年便是自陈有罪,法庭做出判决,很大程度上也是基于他的有罪供述。高中时代的我,坐在法庭旁听席上,亲眼看到他自陈罪状,感觉羞耻难耐。我想解救他,又深觉无力信赖他。

正如今天我在法庭上只会坚称"疑罪从无",对于朱富贵,我从来没有相信过他的清白,也从来没有在他的立场上设想过,为什么他要主动认罪,要承担一桩自己并未犯过的可怕罪行,并宁愿承担后果。

我并不愿意了解他们的苦衷与无辜,这让我成为一个无能的辩护人。

当此醍醐灌顶之时,月光照在我床头的书桌上,我意识到了这个案件中一个显而易见的疑点:朱富贵的供述如此稳定，前后没有丝毫变化，这其实是很罕见的。

　　一名嫌疑人在犯案、自首、生活在看守所、被提审、开庭及等待判决的漫长过程中，会经历很多情绪起伏，尤其在知晓利害关系后，即便不是为了说谎，人的记忆也会本能地趋利避害，加上人脑并非一台刻录机，记忆原本就是主观的，至少第一次笔录和后期的笔录总会有所差别。如果能做到每次供述都一致，所有细节没有多一个，也没有少一个，那更像是事先准备充分的剧本。

　　这是我大胆的设想，如果朱富贵确实是依照"剧本"在说谎，那又是谁给了他这份"剧本"？

　　杀人案发生在前一天夜晚，朱富贵翌日中午就去自首。在短短一夜半天的时间里，他又是什么时候得到这份"剧本"的呢？

　　按照朱富贵的供述，他在自首前还连夜回了一次枣树村，因为考虑到要坐好几年的牢，回家看一眼家人。那么"剧本"应该出现在他回家前，也是他回家的动因。

　　朱富贵不仅仅是回枣树村与家人团聚的，他很可能将顶罪的酬金带回家，交给家人保管了。假设说服他顶罪的人足够细心，给予他的"剧本"必定只是口头传授的，给付的酬金也不会在网银上留下记录，应该是现金。

如果我的猜测属实，我只需要得到朱富贵家人的证词，这就将是宋律师所说的，一桩很稀缺的、实实在在的证据了！

## 4. 替罪羊

　　我决定继许心怡警官之后也去走访一回枣树村。我出发之时，宋律师特地从他办公室追出来，关照我"安全第一"。

　　"安全第一"指的不是旅途安全，而是律师生涯的安全。

　　其实凌云苛责我们律师不要只在公检法的努力上找碴，有本事就自己提交一些有建设性的材料给法庭，这话算是戳中了我们的无奈。无论是当年大学里的教授，还是今天的上司与资深律师们，都会告诫我们，作为刑事案件的辩护人，一定尽量不要自己去调查，基于公检法提供的卷宗探讨一下疑点就可以了。因为律师调查不慎，就会陷入伪造证据、诱使或威胁证人作伪证等种种嫌疑中。

　　跨越千山万水地终于到了枣树村，村里大兴土木的方位，正是朱富贵的家。

村委会的干部介绍，朱富贵家是村里最没面子的一户，男丁不少，无奈有的在外面做生意亏本，有的打工闯祸赔钱，因而成为村中笑柄。别家的闺女到大城市打工，都能寄钱回家造起房子，全村就剩朱家没钱盖新楼。如今他们终于动工，总算在全村人面前洗雪了耻辱。

我由村干部陪着，走进朱家老屋的院子，刚介绍了身份，看见朱家人的反应，我就觉得自己必定是猜对了。朱富贵的父母立刻转身进屋，将房门紧闭；大伯拿着笤帚扫地，把我往外赶；二舅赶来，伶牙俐齿地向我宣布，他们不需要请律师，也没钱请律师，朱富贵犯了事，就让他好好坐牢改造。

我急了，在外面拍门问："朱富贵究竟有没有带什么东西回来？你们不愿意说的话，他就不是坐牢那么简单，他是要掉脑袋的！你们是他长辈，你们愿意看着他去死吗？"

朱富贵的二舅在院子里悠闲地说："国家要是判他掉脑袋，我们也得服从国家的政策对吧。"

我蓦然明白，他们早就知道朱富贵有可能被判死刑，小妹朱迎弟应该早就把这个消息传回来了。这么长时间，他们依然严守秘密，证明他们已经做好了决定。这笔来路不明的巨款可以让他们造起梦寐以求的新房子，在全村人面前扬眉吐气。

我不知道这笔钱是多少，即便在我们看来很小的金额，在这么贫穷的地方，用他们心中的那杆秤来衡量，恐怕是出售亲儿子的性命也足够了吧！

离开时，我听到残破的屋墙之后有老人在哭，可能是朱富贵的奶奶。有拉扯和低声的斥责，那老人最终并没有开门出来。

凭着一个女人的直觉，我此时内心洞明，然而直觉并不能用作呈堂证供。

又是千山万水地回到事务所，已是将近午夜，宋律师办公室的灯居然还亮着。我疲惫而亢奋，一定要拉着宋律师再谈这个案件。我急着想告诉他，直觉告诉我，朱富贵是收钱替人顶罪的，只是我不明白，朱富贵的家人身在穷乡僻壤，也许会觉得用一笔钱交换一个家庭成员的性命是划算的，但对于朱富贵本人而言，他外出打工这些年，见识了大都市的财富与种种机遇，何况这条命是他自己的，他还如此年轻，怎么可能接受这么绝望的交易？

宋律师支使我先做一杯意式浓缩给他，用刚从阿尔卑斯空运过来的新鲜咖啡豆。他讲究地啜完咖啡，轻描淡写地发表意见："交通肇事顶包很常见，我并不认为朱富贵一开始就知道这是一起杀人案。"

整个故事应该是这样开头的。将"剧本"交给朱富贵的那个人起初这么承诺，交通事故撞死人，加上无证驾驶，有自首情节可从轻处理，最多吃两三年官司。那笔钱也许超过朱富贵十年薪水的总和。朱富贵进入看守所的前两周，一切貌似都在按"剧本"的规划进行着，直到区检察院质疑案件性质，朱富贵才惊悉自己竟然误入危局，有了掉脑袋的风险。

然而朱富贵依然严格按照"剧本"行事，坚持不翻供，究竟是为什么呢？

想是因为前一名律师告诉过他，检方尚未拥有足够的证据来给他定罪，很可能熬一熬，他连交通肇事罪都未必能认定。白拿钱不坐牢，有这个可能性，朱富贵决定赌一赌，反正万一形势不妙，再翻供也来得及。

而我觉得，第一次在看守所面对官司，朱富贵这样一名乡村青年未必能做到如此镇定，他还没有翻供，很大程度上可能是因为忌惮。可能雇佣他顶包的人，不但能给予他一笔令人动心的酬金，而且能决定他在这个城市的生计。想到这里，我不禁脊背发凉——那个人该不会就是恒仁集团的某位高管吧？

要不然集团办公室主任王红光怎么会亲自拿起电话，要求我们一定保住朱富贵的性命？他不是因为害怕媒体攻击和股价下跌，他是担心朱富贵一旦被判死刑，就铁定会翻供，这才是真正的丑闻！所以集团办公室才愿意掏出这四十万。果然天下没有免费的午餐，土豪的屋檐下尤其如此。

我惊悚地念及，我已经开始为朱富贵做无罪辩护，万一真的捅出顶包事件，我这岂不是在和事务所的金主公然作对？

宋律师淡淡一笑："就凭你观察到朱富贵家里人的表情，你就能确定这是顶包？我看是你愿心太强了吧。"

我极不服气，但也不由得开始怀疑自己是否神经过敏，毕竟没有证据。

宋律师又教育我："过去人说，律师行就是棺材店，客户的事情出得越大，我们越有生意。就算查出恒仁集团的高管是真凶，我们说服恒仁集团壮士断腕，帮助集团把跟这名高管的关系择干净，处理完危机，土豪少不得要给我们发红包。关键是你能不能查出切实的证据？"

随后他表示，今天浪费在我身上的言语已经超标，必须到此为止，送我回家。我这才意识到，他不是在等我煮咖啡，而是不放心我晚归。坐上他的宝贝法拉利的副驾，我忽然有些感动，就听到他吩咐："明天帮我去洗车。"

翌日洗完车，我就直奔租车公司查记录。案发当晚，这辆兰博基尼的租用记录上赫然签着"徐峰"两个丑丑的大字，是"无忧城"保安队长的名字。

队长的收入不比朱富贵强多少，而且这是队长在租车公司的第一次租用记录。直觉再次告诉我，这是后期补上的记录与签名，当天开走兰博基尼的人肯定不是这名保安队长。然而直觉不能当证据。

我又找到当晚的报案者卢岳山,他也是"无忧城"员工。在笔录上,他自称夜班下班骑自行车回家,正好路过案发现场。我顺便问了他的租屋地址,结果发现,如果他要特地"路过"荒墙前的这一条小路,他需要绕极大的圈子才能回家。然而他坚持认为这很顺路。可不是,就算绕地球一圈也能回到原地的。

所以我推测,即便交警部门调取跑车上的指纹与生物信息,发现证据的可能性也很小。卢岳山应该是被派去做清理的。当然这也只是直觉。

"剧本"相当全面、精良,每个人都回答得前后一致而简约,宛如笔录留声机。遇到不知如何回答的,一概以不断重复"台词"来应对。我仿佛陷入一种奇异的迷障,这让我想起鬼打墙,无论我往哪个方向冲刺,都被无形的巨手挡住,按回原地。

我气急败坏,决定直接找朱富贵问个明白。

朱富贵显得出奇地淡定从容,跟上一回惊恐哭泣的状态大不相同。

"程律师,你做得相当棒。如果我能出去,我一定会好好报答你，让你大富大贵。"他微笑着对我说。我感觉荒诞得有如梦中，一名保安，即便从看守所无罪释放，他如何能让我大富大贵？

我问他，究竟是谁在那个夜晚联络他，跟他谈了这笔交易，真凶究竟是谁。

朱富贵的脸上掠过短暂的惊讶，随后变成讥诮的笑意："请你来帮我的人都没有告诉你，我又怎么能告诉你呢？"这几乎是得意的口吻，他忽然有了居高临下的态度，仿佛他是比我高一级的雇员。

我狠狠地告诉他："我并没有能力保你无罪释放，我连你的命都不一定能保得住。如果你今天不愿意告诉我，你有九成的概率会死。"

"人反正都会死。"朱富贵扔给我这么一句。

这句话差点把我噎死，明明上一回，他还缠着我不停地问："我会不会死？我还年轻。"我不明白是什么导致了他的变化，像是有人向他发出了新的指令，给出了新的承诺。然而这又是完全不可能的，因为能会见他的只有我一个人而已。

我一头鸡毛地回到事务所，在那栋能望见市中心无限繁华的幽静老宅子里发呆。地板散发着檀香的气息，混杂着宋律师旷野香水的尾调。描着金龙的官窑瓷瓶在装饰柜里闪着幽幽光晕。宋律师百忙之中过来拍拍我的脑袋，问我怎么看上去就跟见了鬼似的。

我说我是真的见了鬼了。这些鬼告诉我，不是我神经过敏，朱富贵确实是替罪羊。

宋律师总算没有落井下石，继续质疑我毫无证据的直觉。他沉思片刻，轻飘飘地说："估计这件事一开始牵线的人就是王红光，他也以为只是简单的交通肇事顶包，就出手替某位高管抹平一个小危机，顺便拉拢到自己麾下，结果没想到闹得这么大，他现在也是骑虎难下吧。"

没错，这件事原本安排得非常全面而妥帖。他们没有想到的第一个差错是，朱富贵太急于接这一笔生意，因而隐瞒了他原本有过驾照。第二个差错是谁都没有想到的，当朱富贵在提审时听说死者竟然是杜兰兰，他也许依然爱着的青梅竹马的姑娘时，他内心的震动可想而知。在笔录中，每次问到他是否认识杜兰兰，他都忍不住会哭。问到他为什么要残忍地两次碾过杜兰兰的身体,他除了哭,只能承认自己的残忍。想象中的事件细节已经呼之欲出,唯独证据遍寻不得。

正忙着琢磨如何突破时,韩志宇又主动约我谈赔偿金。

这回杜威并未一起参加,韩志宇让我选地方,我便约在丽思卡尔顿大堂,这是事务所可以签单的所在。不用去那栋破楼,至少让我能感到轻松几分。

我揶揄韩志宇:"你这么卖力,也不知道杜威承诺分给你几成。"

他答道:"总之我这么卖力,肯定不是为了找借口多见你几面。"

念及上一次开庭,我的庭上表现不错,我猜测韩志宇应该是来讲和的。朱富贵要是真的被"疑罪从无"了,他们找谁要这一千万去?还不如趁着第二次开庭前,先拿到现有的金额,落袋为安。

"四十万。"我坦白地告诉他,"我们只能拿出这么多,你们同意的话,明天一早就可以打进杜威的借记卡账户。"

韩志宇摇头:"今天我是来通知你,我们的开价提高了。一千两百万赔偿金，少一毛钱都不行。"

我气不打一处来。我已经忙不过来了，他还来浪费我的时间。

韩志宇则极为笃定地向我宣布，朱富贵死定了。他已经找到了朱富贵就是凶手的客观证据——一份监控录像，或者说，他很快就要得到这份证据了。

"无忧城"由于是会所制的卡拉OK，开业伊始就对所有会员承诺过，在会所内绝对不安装任何监控，给予客户充分的隐私权。因此所有的监控探头范围都止于前方大门，连跑车被开走都没拍到。

然而韩志宇得到一份秘密情报，事实上，"无忧城"内也有监控录像，不多，只有一处，在会所边门有一处代客泊车的钥匙保管箱，监控探头面对的就是这个方向。因为安保部门也担心万一车钥匙被错领和偷走，就悄悄安上了这一个。这个探头违反了会所与会员的协议，所以对外是绝对保密的，连公安来调取都不给，硬生生瞒了过去。

韩志宇告诉我，他有个线人，买到这份录像指日可待。既然朱富贵供述，他就是从那个钥匙保管箱中偷走了车钥匙，录像彻夜未关，肯定拍摄到了这一幕，这就是一份铁证。

我不认为韩志宇是在虚张声势，他有很多三教九流的朋友。他常说，人都是有价格的，只是标价不同，售价低的，有时候功用更大。这意味着他有很多朋友愿意做一些出格的事情，为了很小的利益，就穿越底线。

不过，这一回他失策了，他不应该为了抬升价格，把这个消息拿出来当砝码。

我们是受恒仁集团雇佣办这个案子的，"无忧城"是恒仁集团的下属公司，这份录像只要存在，我就能最先拿到。

我忽然对这份录像产生了无穷无尽的好奇心，朱富贵究竟是不是真凶，这份录像立刻能够告诉我。它也许可以打破我的幻觉和妄念，把这些天阴谋论的恐惧驱赶出我的脑海，告诉我，朱富贵就是真凶。或者，它正是我这些天遍寻不到的证据，一份足以证明朱富贵无罪的客观证据。

跑了一趟"无忧城"，举着王红光主任的"令箭"与他们的高管谈了半小时，半天不到，一盒据说在这个世界上"并不存在"的录影带被送到了我的手中。

## 5. 真凶

第二次开庭之始,我节节挫败。

鉴定报告显示,朱富贵的双手近期都没有受过伤,但是这并不能排除他就是驾驶者。

凌云列举最新证据:调取朱富贵的银行记录、朱富贵所有家人的储蓄卡记录发现,从案发到现今,上面没有任何可疑的资金往来,从而排除其代人顶包的可能性。

他们也到枣树村做了调查。朱富贵的父母、大伯、二舅都能证明,朱富贵当晚回家时神色惊慌,自称开车撞死了人,要去自首。他们的说法与朱富贵的供词完全一致。

凌云开始扔出她的撒手锏,她提请法庭注意,我那些关于"顶包"的怀疑非但没有实际证据的支持,而且不合常理。要说交通事故顶包,近年来确实多见,花几百元钱,借别人的驾照扣几分。然而本案是一起残忍的故意杀人案,是重罪，嫌疑人愿意冒这么大的风险来顶罪，这根本不符合正常逻辑。

其实这也是我一直想不通的问题，朱富贵原本也许只是为了钱，愿意用几年的牢狱之灾来交换，可如今他为什么连性命都愿意赔上？我在庭上简直语塞。

回想第一次见朱富贵，他被掉脑袋的可能性吓坏了，做完笔录，他拖着不肯按手印，哭着，抓住救命稻草般不断追问我："王红光主任为什么让你来？他也觉得我要被枪毙了吗？"

记得我还告诉他，有一张照片，我已请管教转交，是他小妹朱迎弟的近照。他表情怪异地问："这是小妹让你带给我的？"

之后他终于安静下来，一副深思的神情，我把印泥再次递给他，他顺从地在每一页笔录上按了指纹。被管教带走时，他顺手把殷红的印泥抹在会见室的白墙上。

当时，我以为朱富贵出现情绪变化是因为绝望。在他案发以后，朱迎弟特地辞掉保姆的差事，大老远来到这个陌生的大城市，找交警队，找律师，四处求告。才短短一个月,这个乡村姑娘已经彻底放弃努力,离开本城,去了某省城一家著名的职业技术学校念书。这份写给我的律师委托书,以及这张照片,还都是通过恒仁集团办公室转交的。

此刻坐在法庭上,我忽然想明白了,问题应该就是出在这张照片上!

我努力回想这张照片的细节。虽看过一眼,但是我还能记得那姑娘紧贴职校大门站着,背后正是职校的校名,还有自动日历牌,显示着她拍照那天的详尽日期。这和绑架案中让人拿着报纸拍照是一个道理,为了传达某时某刻那个人的状况。

我一直不明白,第二次会见时,为什么朱富贵的态度彻底变了,连死刑都愿意慨然接受。他收到了什么新的指示或承诺?是什么人在他与雇主之间秘密传递了消息?现在我知道了,那个传递消息的人就是我,我自己。

一切信息都在那张照片中。雇主重新给了他一份开价,他的人生换朱迎弟的前途,他接受了。

我猛然间感到极度愤怒。这张照片是宋律师交给我的,是他让我带给朱富贵的。

他口口声声要我们遵守职业道德规范，要"安全第一"，避免踏入伪证罪的泥潭，而他居然指使我去做这么危险的事情。他应该早就知道这是顶包了吧？或者从头至尾，他就是王红光主任的高参？

我朝旁听席投去刀子一般的目光。这次开庭，宋律师亲自来旁听，原本我还觉得满心温馨，现在我恨不得用目光将他淡定的表情戳出几万个窟窿来。

然而法庭中嗡嗡的回声静止下来，凌云终于结束了她漫长的举证过程，到了我不得不回击的时候。我的手触到桌上的录影带，这是一份真正的证据。

这盒录影带时长二十四小时，覆盖案发当天中午到翌日中午的每一分钟。如果监控录像拍摄下朱富贵从保管箱偷出车钥匙，这是铁证；如果录影带中始终没有出现朱富贵，"没有"同样是铁证。现在这盒录影带就属于后一种情况。

我要求当庭放映这盒录影带，快进让众人观看整个进程。镜头几乎是平视角度正对着钥匙保管箱，顺便拍摄到通往边门的一部分走廊。摄影机接驳的应该不是装在天花板上的监控探头，而是藏在酒柜里的某个摄像头，想是为了不让会员们知晓。这样拍摄的视野范围小，但是也更清晰。

朱富贵根本没有靠近过保管箱，他又怎么可能拿到车钥匙呢？这个问题连被告席上的朱富贵本人都回答不出来。

凌云质疑道，朱富贵有可能故意做了错误的供述，就算他不是从保管箱取得的钥匙，他也可能从别的途径得到，这并不能证明他不是事发当晚的跑车驾驶者。

我应对道："请法庭注意，证明朱富贵不存在于录像中，并不是我提交这盒录影带的唯一目的。事实上，这盒录影带应该是凑巧录下了真凶的背影。"

法庭的旁听席上一片激动的躁动声。

我用遥控器将画面移动到时间轴标记的一个点上，有一个人正好从画面的边缘经过，沿着走廊往边门方向走去。他在画面上仅是背影，从出现到消失只有三十秒钟，但是法庭上每个人都从屏幕上清晰地看到，他戴着红色棒球帽，穿着白色夹克。而且他明显不是朱富贵，身高比朱富贵足足矮了至少十五厘米。

朱富贵猛地从被告席上挣扎着要站起来，被两名法警按住。他情绪激动，大喊着："我不要她辩护，让她滚出去，她不是我请来的律师！"法警只得将他带离法庭，他一路上还在又踢又喊。

我自嘲地干笑两声，我居然就在这一刻被解除了授权，被告当庭解除了我们的委托关系，还有整个法庭的人做见证。混乱中我望向旁听席，正好看到宋律师匆忙地站起来，大步流星地走出法庭，像是有什么天大的急事。

十五分钟后，法官以再度调查为由结束本次开庭。凌云捧着那盒录影带，跟在钟梵声检察官身后，同样匆忙地离开法庭。

我站在中院大门口的石阶上拨打宋律师的手机，打算第一时间追究他指使我送照片的罪责。风把我的头发吹得乱飞。他的手机一直是忙音，根本打不进去。我怒气更盛，在同一天里，我被委托人解除授权，发现上司背叛我，现在他居然还跟我玩"日理万机"那一套？

好不容易拨通了，宋律师在电话那头语气阴郁，飞快地报了个地址,让我过去。

那是本城最昂贵的滨江地段,看门牌号码,还是最南端的江滩景观位置。

"别坐地铁,打车我给你报销,快!"他又飞快挂断电话。

赶到那个地址,那种地段,居然是花园华宅……远远看到宋律师一身浅色西装,坐在花园橡树底下的白色靠椅上抽烟。

我已经快十年没看见宋律师抽烟了。上一次还是上中学时我和几个同学窥见,到教导主任那里告了他的黑状。我问他:"天这么冷,怎么不到豪宅里去坐着呢?那宅子里是什么人物?"

他苦笑着反问我:"你自己从录影带上找到的最新嫌疑人,你不知道是谁吗?"

一个背影,我当然不知道是谁,怕是警察也看不出来吧。

"警察能认不出来是谁吗?连我都认出是谁了。"宋律师长嘘一声,他在旁听席上看录影带的当时,就认出了那个人。三十秒钟走出画面，观察走路的姿势就足够了。就在认出那个人的一刹那，宋律师惊出一身冷汗，立刻离开法庭，打电话联络恒仁集团的王红光主任，驾车时一路调度安排，随后径直来到这里。

这栋华宅正是恒仁集团唐鼎年唐董事的家，而那个出现在录影带上的背影，就是唐董事的独子——唐承言。

我也顿时吓出一身冷汗，没想到自己当庭揭发的是这位人物。难怪朱富贵一见之下，表现得如此激动无措，有如天塌下来一般。

宋律师掐灭香烟，告诉我，刚才他们就是在那栋宅子里忙乱商议，制订计划，包括让唐公子签署了给宋律师的委托代理书。现在他出来歇一会，让他们家人道个别。

这话又把我吓了一跳。

我有点虚弱地复述宋律师的话："你不是说过，律师行就是棺材店，事情越大我们越有生意，就算找出真凶也不怕……那么，这算是大生意了是吗？"

宋律师一副没气力跟我理论的模样："任何人被揭出是真凶，恒仁集团都可以壮士断腕，掸掸身上的灰尘，转身任由那个人伏法,然而唯独唐承言不行。他是老板的亲儿子,集团的少东家。所以这不是什么大生意,这是一道送命题!"

他接着提醒我,如今我必须步步紧跟他,如果不是他向恒仁集团求情,恐怕我还没从中院的石阶上走下来,就已经开始被恒仁集团纠缠了。因为我居然受着集团的委托,利用集团的资源,举报了他们的少东家。我简直就是一个不作不会死的典型,敬业勤勉,没事找事,找出的都是祸事。总而言之,我就是一个侦探界的奇才、律师界的灾星。

话音刚落,就听到远处传来警笛声。转眼间,刑警们穿过花园,叩门进入华宅,粉雕玉琢的唐公子被带出来,后面跟着哭哭啼啼的唐家太太——他伤心欲绝的妈咪,却被刑警们挡在一边。宋律师大步走上前去,跟刑警们交谈片刻。

随后,唐公子被带上警车,警车绝尘而去。我们赶紧驾车尾随其后。

## 6. 杀人动机

我们最担心的情况是，唐公子养尊处优，从没受过这种惊吓，坐在警察对面不超过五分钟就把实情全招了。我忽略了，从小养尊处优同样意味着见多识广，唐公子居然相当镇定，他只多说了一句话："根据律师的建议，我只能告诉你们这些。"

讯问唐公子的正是刑警队的许心怡，我的老对手。

已过午夜，许警官才出来会见一直等待在接待室的我们。她不紧不慢地向我们宣布："我倒是反而喜欢零口供，零口供不会干扰我们的证据搜集，证据足够一样定罪，但是你们就不能在法庭上再要求什么'如实供述'的从轻情节了噢。"

语调很客气，但看得出她是有点生气的。我还生气呢，上次她为刘舒曼的证词算计了我，要不是宋律师罩着，我现在就是一名失业青年了。

宋律师貌似和她很熟,打着哈哈,故意揶揄他们没什么靠谱的证据就抓人,就凭录影带上的一个背影,地球上戴红色棒球帽同时穿白色夹克的多了去了,依据一身穿着抓人,以后百货商店时装柜台都不敢开门了。

我听得出来,宋律师这是在套话。刑侦阶段,公安掌握的证据我们无法查询。许警官当然也知道他的意图,不过她倒是毫不避讳:"你以为是今天录影带在法庭上播放以后,我们才临时抓人的吗?"

原来许警官早就开始调查租车公司。恒仁集团几乎是铁板一块,租车公司始终坚称,跑车是"无忧城"的保安队长徐峰所租,从当晚的租车记录来看也确实如此,而且此前,这辆跑车的租车记录完全是空白的。问及这辆车以前租用的常客,回答是没有。问及谁有权力不经登记就开走这辆车,回答还是没有。

于是许警官不得不用了一点特殊手段,他们警方总有几个早已发展的线人。一名发廊小姐提供情报,她从租车公司的一名当班经理那里听说,这辆兰博基尼其实是集团唐董事之子唐承言的专用车，唐公子随时会过来取车开出去玩，所以从不对外出租。而且当晚开走这辆跑车的也是唐公子本人。

这是许警官唯一向我们透露的，为的是让我们服气，我相信她手中的证据还远远不止这些。然而，仅这几份证据就已经建立起可信的证据链——跑车是唐公子从租车公司开走的，凶案发生现场，唐公子的衣着特征与目击证人所见的驾驶者完全一致。

正在方才提审唐公子，我们守候在接待室之时，许警官又派出一支人马，携带相关文件，再次造访滨江华宅，将唐家寓所的衣帽间翻了个遍。虽说没有找到红色棒球帽，唐公子的白色外套却足足有二十几件，都是五位数的品牌。经对比，找到了与录影带上完全相符的那一件，连手肘处细小的钢笔划痕都是一致的。

"你们有这个闲工夫来等我，还不如趁早去劝劝你们的当事人，我看要保住他那条命，现在只能靠他自己坦白从宽，争取法院轻判了。"许警官扔下这句话，说她还得上楼去看一下孩子睡得是否安稳，就缓步告辞而去。

我看不惯她那种胜券在握的模样,建议宋律师,我们不如去投诉她,她成天带着孩子上班,成何体统!居然还让孩子睡在公安局办公楼里,景贤分局又不是幼儿园。

宋律师望着许警官远去的背影,嘴角露出一抹少见的温情笑意:"你这么去投诉她,没准她还能受表彰呢。"宋律师告诉我,许警官根本还单身着,也没有孩子,这孩子多半又是父母都被拘了,不得已由公安代为照管着。我上次看到的,和这次许警官提到的,没准还不是同一个孩子。

什么婆婆妈妈的女警官,果然都是假象,活该我栽在她手里。

得到许警官允许,待看守所早上开门,我们便第一时间前去探望唐公子。

唐董事的太太一个通宵给我们打来七八通电话,如今早已遣司机送来唐公子的行李,几乎有一个集装箱那么多。我一件一件呈给管教,请他们代为转交,大部分都被看守所礼貌地退回了——唐公子在里面没有总统套间,一个床位就巴掌大,经不起陈列这么多贵重物品。

唐公子被摘去手铐后,使劲揉着自己的手腕,不过看上去精神状态还不错，还有几分沾沾自喜，就像是来看守所参加嘉年华，刚刚从"急流勇进"的游戏项目中面不改色地走出来。他本人看上去比娱乐新闻的照片上更为秀美精致，虽然胖了点，却是真正的明眸皓齿、粉雕玉琢。

审讯椅锁住的桌板让他坐得有点难受，他便将身上五位数的外套脱下来，揉成一团，垫在手肘与桌板之间。

我看得暗笑，心里想着待会一定要提醒宋律师，这才是真土豪和伪土豪之间的差别：同样一件五位数的外套，人家当抹布，你宋大律师则成天用衣架和干洗店供着。同样一辆七位数的跑车，你宋大律师一点剐蹭就心疼得不行，人家则省心地扔在租车公司，有人保养，有人年检，一时兴起就开出来故意往墙上撞，撞得稀巴烂只为听个响。

宋律师打着哈欠，睡眼惺忪地按住我键盘上的手，让我暂时不要做记录，然后问唐公子，他是否愿意把当时的真实情况告诉我们，如果律师都不知道真相，这会让我们的辩护工作很被动。

唐公子承认，那天晚上的确是他将跑车从租车公司开出来的，停在"无忧城"的后院，他本人一直在"无忧城"的包间里喝酒、玩手机、看美剧，很晚了才一个人步行回家睡觉，他在景贤区还有一套小别墅。开跑车撞人的，真的不是他。

宋律师拧着眉毛，看他的神态就是完全不信唐公子的话，但是他态度好到出奇，简直是春风化雨的胸怀："如果你坚持说没有撞人，我们也是必须相信你的。那么你能否回忆一下，跑车是被谁开走的呢？"

唐公子表示，他是这么对警察说的，他把车钥匙放在桌上，然后就找不到了，也不知道是被谁拿走了。

宋律师听得一脸服气的表情，敢情是给我们与警察同样待遇，这个辩护还怎么做？我却是真的不服气了，这是把我们律师当智障吗？我忍不住拍案而起，哗啦哗啦就把我的怀疑全部摆在唐公子面前。杜兰兰受雇在景贤区绘制壁画，被拍摄下来传到网上，成为网红"兰草妹妹"，继而唐公子发动攻势追求她，这已经是前一阵尽人皆知的热门八卦。

网上周知，这个外貌清纯的"兰草妹妹"来自枣树村，是家中次女，天生聪颖。由于杜家没有男孩，只有五个女孩,这个绝望的事实让杜兰兰的父亲倾全家之力供她一个人上学。杜兰兰不负所望,从村里考到镇上,又从镇上考入本城,在她成为网红之后,又被评为本年度"颜值最高的学霸"之一。

唐公子买各种名牌手包、首饰相赠,都被"兰草妹妹"退回。杜兰兰在个人微博上多次发图公开自己退回礼品的快递单据,表示自己只愿嫁给学业,不稀罕嫁入豪门看人脸色,更不会为了钱去做二奶、小三,等等。

一时间,杜兰兰人气飙升,成为自尊自爱的偶像,人人都在笑议唐公子被人嫌弃,这让唐公子大失面子。有钱人家的公子习惯了要风得风。在唐公子总是占据娱乐新闻边角位置的漫长恋爱史中,在他浩如星海的前女友中,这种待遇必定是唐公子从未遭遇过的。多次遭到拒绝后,唐公子也必定觉得分外耻辱与不甘心。

案发当晚,唐公子起初是独自到"无忧城"喝酒。此前的娱乐新闻中,唐公子哪次去卡拉OK,都少不得二三线小明星作陪。这一回没有左拥右抱,是因为他还在想着杜兰兰。

越是一个人便越是容易生闷气，孤独无聊之下，唐公子就决定到杜兰兰工作的地方去堵她，逼着她给出一个最终表态。唐公子知道杜兰兰绘制壁画的地方，杜兰兰这份差事就是恒仁集团下属公司派的，唐公子只需要一个电话就能轻易问到。

唐公子本以为自己的出现能给杜兰兰一个惊喜，没想到杜兰兰态度冷淡，再次严词拒绝，唐公子一怒之下情绪失控，驱车向她撞去，并且一不做，二不休，将她残忍地碾死。

我认为这个杀人动机非常合理，配合唐公子当晚的行动轨迹也顺理成章。这也会是控方将来在庭上的有力指控，唐公子与杜兰兰之间的纠葛，网上的证据汗牛充栋，许警官想必也早已了如指掌。

听完我的指控，唐公子先是惊奇地把眼睛瞪得浑圆，随后表情浮夸地笑了："退回几份礼物就叫作拒绝我吗？要是她没有给我暗示，我为什么要继续给她送礼物？我是傻了吗？还有，你觉得像杜兰兰这样的，她可能真心想要拒绝一个像我这样又帅又年轻又有钱的单身男性吗？这是完全违反自然规律的。"

我被撑得有点迷惑,唐公子确实没有理由死缠烂打,他身边完全不缺同等姿色的女子,尤其是他满不在乎的神情,根本不像是在掩盖一份要以杀人才能洗雪的奇耻大辱。网络社交媒体上展示的局面,难道只是杜兰兰的自我炒作,目的在于宣布恋情,并且借此抬高自己?

"她要是不打算拒绝你,为什么不干脆收下那些礼物?"我不懂这种游戏。

唐公子"科普"道:"第一次送礼物便立刻收下的,那不是正经女孩,在一起也就是临时的。通常自诩为良家女子的,总要拒绝几次礼物,又给足暗示,唯恐我真的转身走了。"

我想起唐公子不停"推陈出新"的恋爱史:"反正总是不可能长久的,拒绝你几次礼物和第一次就接受,又能有什么差别呢?"

"至少她们能跟我在一起的时间,总会长一点。"唐公子精辟地总结道。

宋律师对我们的"热烈讨论"非常不耐烦,他提醒我们，这不是讨论恋爱常识的时候，动机并不是最重要的，关键是唐公子必须把跑车易手的故事自圆其说。如果不能说清楚车钥匙是什么时候不见的，跑车可能是被熟人开走的，还是失窃，那么唐公子就不用再费心考虑下一个女朋友的人选了，直接擦干净手臂，等着注射死刑吧。

我非常欣赏唐公子在此刻的冷静，也许他根本还没意识到后果的严重性。

他就像告诉我们一个秘密似的，忽然用推心置腹的神态对我们说："其实吧，把事情往我身上揽，我觉得我脱身的希望还大一些，我这不是还有资源，还有你们吗？要是换了别人可就不一定了。"说得他好像真的有更高尚的苦衷似的。

宋律师也用极其诚恳的口吻告诉他："如果你什么都不愿跟我们说，那我们也是爱莫能助，我们毕竟不能劫狱劫法场。"

"我看他只是还没来得及编好谎话而已。"后来宋律师这么对我说。

我们告辞时，唐公子喊住我们，当着前来带走他的管教的面,这位公子高高兴兴地嘱咐宋律师:"以后你要是没空,就让这小姑娘一个人来看我吧。"他指的是我,他抱怨看守所里都是男的,我能多来看看他,有益于他保持愉快的心情。

取保候审当然是办不成的,唐公子对我们都这个态度,他对警官们的态度可想而知,怕是早就被当作最危险的嫌疑人来看待了。我们两手空空地到恒仁集团复命,顶着两张只睡了四个小时的脸赶到恒仁大厦,坐电梯来到顶层唐董事的办公室。秘书小姐进去通报,十分钟以后,我们便受到召见。

办公室有大半个房间的弧度可以俯瞰这个城市中心的熙来攘往,此刻房间内却寂静得可怕。集团办公室主任王红光也在座,他与唐董事都呈现出一样的隔夜面容,二人分别端坐在偌大空间那一侧的皮椅与沙发上。这还是我这个小人物第一回亲眼见到这两位被挂在墙上的集团领导。

唐董事健硕威严,与唐公子除了外貌上有点相像,气质则全然不同。

王红光白皙肥圆,面团似的,眯着眼的喜气长相,不笑的时候也像是笑着的。

此刻两人都没好气地端详着我。

"这就是亲自把唐公子的录影带送到法庭的那位……"王红光主任想不起我的姓氏了，"那位律师小姐吧？"

我对于这种审讯的态度非常抵触，抢白道："我当时的职责只是为朱富贵辩护，我哪里知道堂堂恒仁集团能有这么多见不得人的证据？"

宋律师用文件夹轻轻扇了我的后脑一下，喝止我的胡说八道。他把简单情况知会了一遍，表示目前状况下并无良策，除非唐公子能告诉他更多信息，不然的话，只有等检察院批捕立案之后，查询检方掌握的证据再制订方案，见招拆招。然而等到那时候，局面肯定更被动，不如目前阶段，还有回旋余地。

宋律师说了半天，无非是在暗示操作顶包一事的王主任，以及指使王主任找人顶包的唐董，最好是将当晚的事件一五一十都告诉我们律师，否则盲人摸象，我们也不知道如何发力。

王主任一味哼哼哈哈，完全没有将实情告诉我们一分半点的意思。

宋律师于是掉转矛头，帮我说话："我觉得程律师的说法也没错，如果你们能预先把顶包的事情告诉我们，大家都不至于落到今天这么被动的地步。"

我没想到，宋律师接着就讲到了那张照片的功效："王主任那时候还让我们送了一点东西给朱富贵，那张照片上是承诺他金山银山了，还是绑架的人质？你们请律师，到底是要得到我们专业的法律服务，还是让我们当炮灰？"

王主任有点气恼，面团一样的胖脸微微发红，那意思仿佛在说，收了他们银子的，当然都应该甘做他们的炮灰嘛。

倒是唐董更有风度："不该你们知道的，还是不知道的好。知道的话，在公民义务和律师职业道德之间，你们打算怎么选？"

我与宋律师默契地对视一眼，这是我们在拜访完唐公子之后讨论过的，如果恒仁集团也不能给我们更多信息，那就只有等检方立案。一旦定罪，能保住唐公子性命的只剩从轻情节、自首和如实供述三个选项，而唐公子都轮不上，剩下的便又回到最务实的步骤，那就是先跟被害人家属谈经济赔偿，争取得到对方的谅解书。

王红光主任表示，尽管放手去办，钱是最小的问题。

我再次约韩志宇到丽思卡尔顿见面。这一回，杜威也一同前来，他坐在沙发中，不断挪动身体想要坐直，一副不自在的样子。我慷事务所之慨，送上饮料单让他多点几种。他嫌饮料贵过一餐饭，让我要来二楼中餐厅的菜单，直接点了一碗牛肉面。

韩志宇全程微笑着，看我谄媚地忙碌。

直到点单完毕，我问他这一回开价多少，是否需要我先拿出一个底价，他说不用这么麻烦了，他上一回的开价依然有效。

"一千二百万，我告诉过你，这个金额一点不高，我说得没错吧？"他得意地正了正西装的衣襟，端起咖啡。

我忽然觉得有哪里不对。上一回我与韩志宇也是坐在这里，他对我说，他要将开价从一千万提高到一千二百万，我甚至没有把这个数字记到本子上，因为我觉得这是漫天要价，支付这种天价是根本不可能的事情。

当时韩志宇一副志在必得的态度,他告诉我,他得到线人的确切情报,在"无忧城"有一份在官方口径中"不存在"的录影带,这份录影带里必定有朱富贵作案的铁证。他很快就会得到这份录影带,所以我为朱富贵的辩护必败无疑,这是他涨价的理由。

我得到这个消息后,如获至宝,为了从录影带中确知朱富贵是不是真凶,我直奔"无忧城",抢在韩志宇之前得到了这盒录影带,结果这是一盒拍摄下了唐公子作案嫌疑的录影带。到此时我才反应过来,韩志宇当初提出的一千二百万天价不是为朱富贵设置的,这个金额恰恰是为唐公子"量身定做"的!韩志宇是故意诱导我去调出这盒录影带,再借我的手,将唐公子的罪证交给法庭。

"韩志宇,你设计我!"我愤怒地高叫起来。

侍者以为我在催单,连忙脚步轻盈地小跑过来,弯腰附耳小声告诉我,他们立刻派人上楼去看看牛肉面是否做好了。

韩志宇对我摆出一脸无可奈何的表情,但是我看得出来,他高兴得不得了,那表情分明在炫耀他的智商。他向我承认，他确实打听到了这份录影带的存在，却没有本事把这份录影带弄出来。他是被害人家属这一方的诉讼代理人，身份太敏感，就算愿意给再多钱，"无忧城"的员工也不敢私自把录影带拷贝给他。

而我就不一样了，我原本就是恒仁集团委托的律师，得到这盒录影带，就跟从自己口袋里掏出一枚打火机那么容易。

"你怎么知道真凶是唐承言？"我觉得他还有更多事情瞒着我。

"我真的不知道。"韩志宇对着我举起两只手，"我当时只是确信凶手不是朱富贵，没想到中了头彩，唐公子绝对是我们的'杰克罐子①'了。"

与我不同，韩志宇从一开始就看出了朱富贵并不是真正的驾驶者，尽管他得到的证据信息并不比我多一分。用韩志宇的原话来说，他的准确判断源于基层工作的常识。韩志宇深知阶层鸿沟，一名保安是不可能有机会驾驶这辆跑车的，他不可能随便得到钥匙，即便给他钥匙，他也未

---

① 指 jackpot，博彩游戏的大奖。

必敢开走。

等到我作为朱富贵的新任辩护人出现，主动提出经济赔偿，韩志宇就对自己的判断更为肯定了。这又是源于他自诩的基层工作的常识。他了解朱富贵这一群体，对他们而言，都是宁可多判几年，宁可干脆判个死刑，也不会赔钱，因为他们并不觉得自己的命能值几毛钱，他们不会用钱买命，只愿意豁出性命来省钱。

那时候韩志宇就猜测，真凶应该是恒仁集团里的某个高管，很可能是朱富贵的间接上司，比如说"无忧城"的总经理什么的。

他也是真的没想到会得到唐公子这么一张"好牌"。

"不过我是一个信守诺言的人，一千两百万，我们的开价还是之前的数字，我一分钱也不加。"韩志宇掂量了一下唐公子的身价，用一种近乎施舍的口吻对我说。

韩志宇以前最爱引用的一句话就是："杀人放火金腰带，修桥补路无尸骸。"他认为所谓"上层社会"的有钱人，他们的财富都不是正当得来的，所以他作为穷人中的一员，是"正义的化身"，这些"正义的化身"也只有靠施展手段才能摆脱贫困，有朝一日得到他们的"金腰带"。这就是他，以及他所代表的大部分人根深蒂固的逻辑。

我知道韩志宇为什么恨我。他对我的恨意——从某天开始——与他对所谓"上层社会"的恨意就画上了等号。其实早在我们开始恋爱的时候我就已经一贫如洗，穿剪掉商标的劣质服装，为了省钱自己理发，在大学的便利超市里兼职收银员，只是为了赚得一份可怜的生活费。

父亲入狱，以及法院对退赔款项的执行，使我的生活在高中忽然断裂。在高中之前，我从未乘坐过一次公共交通工具，也没有坐过飞机的经济舱，因而并不习惯周围有人紧挨着我。我喜欢穿白色衣裙，以前家里有保姆专门料理这些，手工洗涤熨烫，但之后才发现这种颜色加上上好的材质绝对是穿衣方面的一个坑。

韩志宇自称是我中学邻班同学，从外地转学过来的插班生，我却完全不记得了。进入同一所大学后，他向我坦白，大半个中学时代，他都在暗处望着一身白衣白裙的我，望着我放学后被黑漆闪亮的私家车接走，望着我们家那座老宅的花园。跟我说这些话的时候，我们已经恋爱，他曾经竭尽全力想要照看"困境"中的我，就像一个王子拯救落难的公主那样。

大学食堂每天中午有五十份特价的肉菜，到那个窗口前排队，每次都有如肉搏。韩志宇热衷于拿着我的碗去参加肉搏，十有七八能在可怕的混战中端着满满一碗战果挤出人群，端到我的眼前。说实话，每次我都特别尴尬，我宁愿到冷清的窗口买两个素菜，安静地吃完午饭。少吃几块肉，我也不至于就饿死了。

有一年韩志宇邀我去吃圣诞烛光晚餐，说是预订了一家高级餐厅。我让他不必浪费钱，买两份汉堡在自习教室里吃就很好。结果烛光晚餐的团购要排队，还是百货商店里的餐厅，我们站在女装内衣店前的队伍中挪了足足两个半小时，才终于吃到这餐饭。

我认为，我们分手只是因为生活习惯不同，然而韩志宇偏要上纲上线，指责我瞧不起他来自"底层社会"，我即便一文不名还是瞧不起他。他讽刺我虚荣，证据是，我买了普通牌子的衣服，都要先把商标拆掉以后才穿。我没法跟他解释，讲究的品牌会考虑到商标接触皮肤的舒适度，没做到这点的，我只能拆掉，这无关虚荣，只是皮肤的感觉而已。

"一千二百万，"我向韩志宇承诺，"我觉得客户应该能接受这个金额，有了定论我立刻联系你。"此刻我只希望会面快点结束。

韩志宇笑道："这点银子买唐公子的性命，特价。"

可是杜威的牛肉面还没送来，我们便走不得。这一碗面又足足等了十五分钟，杜威左顾右盼，打量我们面前的饮品，似乎在适应他即将迈入的千万富翁生涯。幸而牛肉面送到后他吃得飞快，可能是习惯吧，转瞬间大碗见底，始终木讷寡言的他难得地咕哝了一句："比小店的肉多，贵有贵的道理。"

随后我终于可以收拾我碎了一地的玻璃心，结账离开。

念及韩志宇是我的初恋，种种温情片段，不敌争执延绵，我们身处两个阵营几乎是一开始就注定的。我思忖着，要不要把我被这前任男友算计的事情一并告诉宋律师，他是会安慰我，还是会轻描淡写地责备我太过投入？

## 7. 呼风唤雨

凌晨一点钟,我被执着的手机铃声叫醒,摸到手机一看来电显示,竟是刘舒曼。上一回通话,还是我把她从看守所接出来。

我问她出了什么事,她在电话那头哭:"他们拿走了我的护照,他们不让我出国,我很害怕,害怕得睡不着,纠结了一整天,只能打电话给你……"

起初我以为,她口中的"他们"是公检法的人员,结果是恒仁集团派来的人,准确地说,是她甜蜜蜜的情人唐董派来的人。这是"家庭纠纷",我睡眼惺忪地告诉她,这不归律师管。

她又哭着问我:"我应该去哪里改我的证词?我可不可以告诉警察,我什么都没看见,没有看到跑车撞人,没有看到什么壁画,也没有看见过红色棒球帽和白色外套?"

这一下我彻底醒了。

我明白了当日在恒仁大厦,唐鼎年董事和王红光主任为何一副讳莫如深的模样,他们从来就不仅仅靠律师来处理法律问题,他们自有一套体系来呼风唤雨、颠倒事实。

难怪唐董事对我与宋律师说:"不该你们知道的,还是不知道的好。"

我问刘舒曼,是不是恒仁集团逼迫她更改证词。刘舒曼连忙结结巴巴地否认道,不是不是。这样的回答反而更加让我确信自己的判断。

我听到隔壁母亲翻了个身,电话的声响也许吵醒了她。

刘舒曼还在电话里继续哭着,听上去焦虑而恐惧,她说想请我吃夜宵,央求我出来见面。我小声而飞快地答应了,就挂断电话,立刻穿戴完毕,蹑手蹑脚地抓起羽绒服出门,走入寒夜中。

被冷风一吹,我更清醒几分,意识到自己这么做很荒唐,之前已经一个通宵没睡,好不容易得一夜休息,何必去安慰一个与我只见过几面的前当事人?况且她目前还属于控方证人,若被人知晓,于我而言,麻烦多多。若宋律师得知，不免又要说我"横生枝节"。他总是对我说，我没法拯救世界上的所有好人与罪人，更不必对他人的悲伤负责。

可是听刘舒曼在电话里哭，我想起多年前，我与母亲也曾这般孤独而悲伤。人心势利，富贵时宾客盈门，落魄时就如得了瘟疫，父亲以前的所谓至交好友对我们避之唯恐不及。

刘舒曼想要去一个离我家近的清吧，通宵营业的那种。我说不必了，就去她在景贤区的住处。

那一片别墅都是恒仁集团开发的项目，刘舒曼居住的是联排别墅，虽说是小户型，这样一个年轻女孩住在这里，加上一名住家保姆，还是显得冷清空落。保姆在睡觉，刘舒曼独自坐在客厅里，哭得脸都肿了。

我对她说，即便她改变证词，也未必能改变唐承言被定罪的结果，警方肯定是掌握了足够的证据才拘捕他的。要想人不知，除非己莫为。唐公子所作所为，痕迹不可能就这样被消除干净。我又问，唐鼎年究竟给了她什么压力。

我建议她，想脱身随时都可以。我只是对她说，杜兰兰都可以拒绝唐公子,她也大可以跟唐董事分手,重新开始。找一份有平常收入的工作,过一份她向往的正常生活,这绝非难事。

没想到刘舒曼没好气地答道:"有这么好的机会,谁放弃谁就是神经病。"

刘舒曼叫了小龙虾外卖,半小时后送到。我们谁都没有胃口,假装兴致很好地剥了一会儿,她的情绪总算稳定下来。洗干净手,我便告辞。刘舒曼塞给我一只厚厚的信封,我笑了,推回给她,说明我还没到按小时收费的规格,这也不是律师咨询,只是关心一个熟人。

顶着星光回到家中,我有一种预感,风雨欲来。

一千二百万的款项迟迟没有批复,唐董事仿佛人间蒸发,王红光主任只剩下打哈哈,每次打电话去问,他都说:"这么大的金额批下来需要时间,跟对方说,还在走流程。"

我快被气笑了,这是给被害人家属的赔偿金,又不是审批你们下属公司的项目拨款,这都能套用官僚主义的语气吗?

宋律师点评道:"他们觉得现在还没到投降赔钱的时

候,这只是万不得已的最后一步。如果案子判不下来,唐公子没法被定罪,这笔钱他们拖着拖着,也就省下了。"

宋律师果然人情练达,我没向他透露过半句关于刘舒曼要改证词的情报,他就猜到恒仁集团这么拖着不给钱,是同步在背后做小动作。那些集团的大人物一直在拨动棋盘中我们的位置,在他们的规划中,我们始终不是这场战争的主角,正如此时,我们律师就如同一个吸引对方注意力的假动作,我们拖住原告的诉讼代理人谈判价格,装作丢盔卸甲,迷惑对方,为唐董事毁灭证据争取时间。

我们很快听说,租车公司的裘经理主动来到景贤分局,改变了此前的证词。

他就是警方线人提供的那个关键人物,案发那天的当班经理。是他告诉发廊小姐,这辆兰博基尼是唐承言的专用车,从不对外出租;也是他在那天晚上,亲手将钥匙交给唐公子,目睹唐公子将兰博基尼开走。

然而他主动到刑警队坦白,声称他对发廊小姐说的那些话,只是胡说八道,为了在女人面前说些她们爱听的话题,引起她们关注而已。之前警察找他做笔录,他发现警方对他与发廊小姐之间的每句谈话都了如指掌,一句句盘问他,他也不敢改口,不得已全部承认下来。如今他被良心折磨,这才打算说出真相。他表示,那辆兰博基尼就是一辆可供出租的普通豪华车,而且案发那晚,根本就不是他在公司当班。

做完这次笔录后,裘经理就此失去联络,从租车公司辞职,房子退租,手机停机,据说他要回南方的家乡,可是完全没有火车、飞机的购票记录,多半是坐汽车走的,简直就跟杀人潜逃一样地消失了。我猜想恒仁集团给他的钱,应该够他消失好几年。

警方自然针锋相对。"无忧城"的保安队长徐峰被找去谈话,许心怡警官告诉他,做伪证是要负刑事责任的,一般是三年之下有期徒刑或拘役,情节严重的,三年以上七年以下。徐峰立刻承认,自己并不是案发当晚的租车人,签名是后来补上的。

至于当晚究竟是谁开着兰博基尼来到"无忧城",又是谁驾车离开,他一概推说没看到。可能是担心被追问究竟是谁指使他在租车记录上签名,也可能是收到了足够多的封口费，数小时后，他也辞职离开本城，不知去向。

在此期间，我跑腿途经景贤区，看到警方在新区显眼位置贴出许多告示，寻找兰博基尼杀人案当天的目击证人。警方的公众号也做了好几次推送，还有微博号的广而告之。

目前证据战究竟是何种局面，双方谁占优势，我与宋律师实在不得而知。案件应该尚在侦查阶段，还未提交到检察院，我们无法查询卷宗。我成天干着急，担心在这个案子上我们会输得很惨，但是更担心我们会赢得极其丢脸，恶名远扬。

宋律师难得一见地皱起了眉头。他参加其他会见的时候，还是一如既往地故作轻松，只是当他闲下来独自一人时，我透过百叶窗的缝隙偷窥，看见他的眉头不由自主凝成冷峻的山峰。我明白，他和我担心着一样的后果。

我特地帮他把几双宝贝皮鞋包起来，送去奢侈品护理店做了清洁和保养，拿回来的时候焕然一新。他看了却一点也高兴不起来，反而破天荒地对我说："以后这种事情就不麻烦你了，你专心看卷宗吧。"

宋律师与我是一类人，如果凡事都一定要有标价，我们会把名声看得比性命昂贵得多。我们可以理解收钱顶罪的人，然而我们都自以为是地认定，换作我们身处朱富贵的处境，就绝对不会接受这种条件，为了一点小钱，落下个罪犯的坏名声。只是事到如今，恒仁集团干了这么多出格的事情，一旦得逞，圈内圈外都会认为这些事情是我们律师主使的，偏偏我们收着高额律师费，这跟收钱顶罪又有什么差别呢？我们不过是高配版的朱富贵罢了。

也许律师真的不是一个好职业。

沮丧之余，唯一令我高兴的就是，有人比我们还要焦虑。

一千二百万巨款伸手可及却迟迟不到，这让韩志宇失去了一贯的定力，他打了许多电话给我，几乎是天天来催促。我客客气气地打着太极拳，一天又一天地往后拖，心里颇有几分报复他的快意。

他最后终于发怒了，在电话那头咆哮着，谴责我们是在逗他玩。

我提醒他，在谈判与交易中，从来就没有谁是为了故意逗谁玩，大家都只为目的，情绪无疑都是奢侈品，没有一方消费得起。至于说好的一千二百万为何迟迟不支付，我只能请韩志宇预测一下，他们这一方手中的筹码究竟会减少还是增加。

韩志宇在电话那头咬牙切齿地说："我们肯定会让那个唐公子死得很难看，不掏这笔钱，你们就等着看好戏吧。"

我忍不住提请他注意，从有钱人那里榨出一笔钱并非他想的那样容易，恰恰相反，他们正因为对钱更精明，才会成为有钱人。很显然，目前恒仁集团还没到走投无路的地步，那些有钱人也看准了，就算拖到最后一刻，被害人家属这一方也不会因为意气用事而放弃这笔钱，选择置唐公子于死地。

我这番话说到了韩志宇的软肋，他闷声闷气地指责道："你们这些所谓土豪和精英，仗着有几个钱，买替罪羊、买证人、买命、买良心，你们是不是觉得这个世界上没有买不到的东西，包括公平正义和天理？"

我冷冷地回答："只要你们这些自诩为正义化身的人士不要总是待价而沽，时刻准备被收买，怨恨没有土豪来收买，同时自己也在热衷于收买更穷的人，世界的规律就不会这样。"

说罢这些,我口中苦涩,情愿与否,这怪诞现实,谁能跳脱开去?

其间我们又探访了一次唐公子,宋律师让我留意,收取转给唐公子的物品时,务必截留下所有照片、纸片、阅读过的书籍等,以免成为传递消息的载体,否则被看守所的管教发现,对案件会非常不利。

才几天工夫,唐承言轻佻愉快的神情全部消失了,他就像换了个人,苦着一张脸,顶着两个黑眼圈,不停地低声向我们咕哝各种抱怨,诸如:许多人挤在一起睡觉,各种打呼噜翻身,令他完全睡不着。同房间的人大部分非常粗鲁,偶尔有看上去和善礼貌的,却根本听不懂口音,没法聊天闷死人。厕所就在房间内,臭味扑鼻,还得轮流打扫,他这辈子还是第一次自己洗厕所呢。还有这里竟然不能天天洗澡,房间和别人身上都有一股臭味。他抬起胳膊闻了闻自己:"我的身上都有这种臭味了!"

真是委屈唐公子了,他是住惯了超五星级酒店的。

"你们怎么还不把我弄出去?这都多少天了!"唐公子

焦躁地瞪着我们，身上五位数起步的各种披挂都皱得跟咸菜似的。

于是这么多天来，宋律师难得心情大好，他半是逗弄半是怂恿地建议唐公子："你要是待不下去了，就把案发当天的事实告诉我们吧。我早跟你说过，连律师都不知道真实情况，谁还能把你弄出去？"

我在一旁帮腔："现在不过几天工夫，要是判个无期徒刑或者死缓，你得在这种环境里住上二十几年。要是立即执行，倒是干净了，很快就可以住进一个红木小盒子里。"

很意外，我没能把他吓哭。他坐在审讯椅里，歪着脑袋，抱着胳膊，使劲地思想斗争了好一会儿，最后摇头叹了口气："我没法这么做，我实在做不出来。我是个大男人，是大男人就不能说出来。"

我与宋律师面面相觑，这位公子恐怕是电影看多了。

我们临走时，唐公子叫住了我："程小姐，我老爸有没有说，让我再坚持多少天？"

原来唐公子心里跟明镜似的，一早知道能把他弄出去的根本不是我们律师，而是他那位"呼风唤雨"的老爸。

他老爸能做什么，他最清楚。

恰好就是那一天，刘舒曼也主动前往公安分局，把之前的证词彻底否认了。得到消息后，宋律师立刻关上他办公室的门，一脸严肃地盘问我，这么多证人改了证词，在此之前，我是否凑巧与其中任何一个证人通过电话，或者见过他们。

我始觉自己犯了一个大错误，嗫嚅道："我去过刘舒曼的家。"我把那天凌晨的情形一五一十地说出来，如何接到刘舒曼哭哭啼啼的电话，如何知晓刘舒曼要改证词，却没有及时汇报给事务所，又如何到刘舒曼的别墅安慰她，陪她吃小龙虾。

我看得出，宋律师有些震惊，他是震惊我有多么不适合律师工作吧。他以前总说，我最适合的工作应该是社工。他露出一副不知道该怎么骂醒我的表情，结果他一句话也没责备我，只是问我，有没有留下什么痕迹。

是的，我的行为非常契合《刑法》中关于辩护人帮助当事人毁灭证据，威胁引诱证人违背事实改变证言的描述，无论我说了什么，即或什么都没说，我也将百口莫辩。若事情败露，只有被吊销执照、判刑坐牢的结局，我将与唐公子去做伴，在监房里洗厕所。

我有如一个罪犯似的，开始用力回忆那天凌晨可能留下的罪证。我没有坐地铁，凌晨没有地铁；我不用担心出租车司机供出我，因为我用的是打车软件，记录清晰可查，App上还有刘舒曼别墅的详细地址，就差有人打开看一眼。

至于目击者，除了刘舒曼，倒是没有别人。也就是说，如果没有人举报，应该不会有人查到我身上，也就没有人会打开我的App看到证据。

宋律师坐在他的皮椅里，仰头靠在椅背上，想了一会儿，说声"不好"。他告诉我，刘舒曼很可能把她与我的会面拍了照，而且很可能会主动举报我。看起来，刘舒曼是一个头脑缜密的人，恒仁集团让她改证词，她肯定处于两难中。不改证词，她得罪不起恒仁集团和唐董事；改了证词，她就要自己承担做伪证的罪责。

两相权衡之下，她想出了一个保险的方法，就是为她自己改变证词找一个替罪羊。一旦她做伪证的事情败露，她不想扛下这项罪名，她也不敢指认恒仁集团是幕后主使——这样她到时候遭到的报复可能比伪证罪的惩罚更严重——她只能把我抛出来，声称是我威胁、收买她，逼她改变证词，为的是我们事务所能打赢官司，保出唐公子。

"你不认为，她根本不需要向你倾诉吗？事实上她也没有向你倾诉什么有价值的内容。"宋律师这么下了定论。

那么就是她故意引诱我过去，让我替恒仁集团背锅，而我自以为能拯救悲伤的她，大半夜起床，头顶星光，身披寒风，像个傻瓜似的赶去她的别墅，这真是一个天大的笑话。

我正盼望宋律师可以安慰我几句，在我这玻璃心又碎了一地的时候，宋律师对我说："你退出这个案子，我明天一早就让恒仁集团解除对你的委托。"

有如冰水兜头淋下，我不敢相信一贯纵容我的宋律师竟然有一天真的抛弃了我。

我们对视了足足有几分钟。他依然靠在椅背上，从容不迫地看着我，甚至带着几分温存，直到我终于意识到，这并非流放，这是他在尽最大可能保全我。这个案子就像一艘庞大的泰坦尼克，它即将沉没，不是沉没在失败中，就是沉没在舆论的质疑中，掀起更大的追责风浪，直至导致不可预计的后果。他不想让我与这艘船一起沉没。

"宋老师。"我内心起伏。

"叫我宋律师。"他纠正我。

律师这个头衔究竟有什么好？我真的没看出来。

我不想让他一个人留在风雨中的甲板上，我建议他也可以向恒仁集团请辞，这个案子不做了，大不了法律顾问也不做了。我们还有别的客户，不至于吃土，再不济我们可以去做国企的法律顾问，不就是锤炼一下说话技巧吗？

我唠唠叨叨劝了半天，宋律师笑而不语，摇头。他告诉我，案子都接了，中途退出这种事情，他实在做不出来，这有违一名律师对当事人的基本责任。

幸而他一直认为，不论恒仁集团如何兴风作浪，最终判决的公正性不会受到影响。他对法律体系的精妙与严谨有信心，任何证据再掩盖也不会完全消亡，每个环节的公检法人员尽力而为，他作为律师恪守职责，在共同质证与制衡的过程中，必然会在证据链上还原出事实原本的样貌，这种准确性肯定超过让他自己判断应该相信唐公子是一个杀人凶手，还是不相信。

　　相信法律，这无疑是一名律师最好的信仰了，难怪他是出色的律师。我却恰好相反，当年我是因为质疑法律，才特地选择了法律专业。

　　"一旦这个案子办完，我就会炒了恒仁集团，不再处理他们的任何法律事务。他们把我们当作朱漆门口摆摆姿势的石狮子，我还怕他们抹我们一脸黑呢。"宋律师把玩着桌上的车钥匙，傲娇地宣布。

## 8. 丑闻

拿到律师证之后的第一件案子，换了两个当事人，被当事人解除代理关系两次，搅出一堆庞大的烂摊子让上司一个人背锅，我的律师生涯真是开局"精彩"。

我的全副心思依然在这起兰博基尼杀人案上，无奈我已不再是唐公子的代理律师，宋律师严禁我参与，什么信息都不再告诉我。案件空窗期，百般无聊，我每天轮流将宋律师的两辆跑车送去洗车行。他称法拉利为他的"妻子"，玛莎拉蒂①是他的"情人"，但是宋律师本人正是在男人最好的年华，依然保持单身，目前连一个可以维持三个月以上的女朋友都没有。

宋律师闲聊时提起，等他辞掉恒仁集团法律顾问的差事以后，就打算将这辆玛莎拉蒂转让，以便分摊事务所开

---

① 意大利跑车品牌。

销，度过艰难时期。这也是他跟我说的唯一与本案相关的内容了。

恒仁集团人员众多，怪事层出不穷，很快我又被派去为一桩奇葩小事跑腿。集团下属有一家电商企业，经营一个名叫"汇食惠生鲜"的电商平台。辞旧迎新之际，企业召开年会犒劳员工，结果总经理喝多了，打了财务，闹到公安局，可谓乐极生悲。

这家电商企业也在景贤区，办公就在"卢梭小镇"以北，恒仁集团自己建造的产业创业园区中，还是园区示范企业。于是，时隔数周，我又来到景贤区公安分局。

"汇食惠生鲜"的宁总是一名文质彬彬的中年发福男，戴着眉毛架眼镜，没喝酒的时候，怎么看也不像是会动手打人的类型，尤其是打一个年轻女人。被打的财务三十出头，看不清相貌如何，她鼻子上顶着硕大的纱布，据说那一拳打断了她的鼻梁，得看验伤情形如何，可能要追究宁总的刑事责任了。

宁总红着脸，私下跟我解释，他特别看不惯这个财务，工作丢三落四，在办公室里呼朋唤友，还专门挑一些犯禁忌的事情来做。他平时忍着，那天喝了酒，一时气涌上头，就把她给打了。我问宁总："她是你手下小小财务，你扣罚她的工资、奖金，开除她，怎样都能出气，何苦亲自动拳头呢？"

宁总答道，这个世界并不全然是上级制约下级，大人物欺压小人物，其实都会相互掣肘，比如小小一名财务，平时她那份工作还是要靠她做，她给你出点洋相，便是企业的洋相。合同期内开除她，也要找到充分理由。招聘一个替代她的财务，还要投入时间、精力。总经理越过财务经理，指着一名小财务的鼻子骂人，丢的不是财务的脸，而是总经理的脸。

我心说，把别人的鼻子打断，岂不是更丢总经理的脸？

接待我的凑巧又是许心怡警官，估计是新区公安分局的人手少，她不得不开"三头六臂"模式。

处理调停这个谜之怒气的案件时，许心怡警官破天荒地跟我聊了几句题外话。这天，她身边没有带着孩子，她不慌不忙地冲好一杯热巧克力，焐在手掌中，居然是带着几分怜爱的微笑问我："听说宋律师让你退出那个案子了？"

115

我有些尴尬,想来不会是宋律师主动告诉她的,多半是她主动问到了我。承蒙赫赫有名的"拖拉机"惦记,我应该觉得荣幸。我也善意地告诉许警官,听闻许多证人证言有了变故,得知她一直在全副毅力加耐力地应战,相当令人敬佩,无愧于"拖拉机"的美誉。

"宋律师不应该让你退出的,我早就看出来,你是一架'战斗机',你能帮到他很多。"许警官真诚地对我说。

我的心中有暖流涌过。

问起许警官的孩子,她告诉我,那是替嫌疑人照看的孩子,前些天嫌疑人被释放了,孩子也就交还给他们。果然如宋律师所言,一切都是假象,许警官不是什么带娃大妈,她是一名心无旁骛的将军。

"战斗机"的溢美之词让我的心中再次充满了斗志,我婉转地从事务所、从恒仁集团各种探听,总算得知了一些有关兰博基尼杀人案的进展。

租车公司的裘经理更改证词,同时消失无踪,这并没有很大影响,因为警方已经找到当天该地区的交通监控,证实天黑之前将跑车开出租车公司停车库的,确实是唐公子本人没错。他的眉眼在放大的图像里看得相当真切。红帽白衣,与"无忧城"内部监控录像上的穿着完全一致。

刘舒曼更改证词,这曾经给警方的证据认定造成过一定的困扰。幸而,在大规模搜寻目击证人的过程中,有一名路人曾在夜间看见过行驶中的兰博基尼,并且可以清楚地记得,驾驶者也是戴着红色棒球帽,穿着白色外套。这使断裂的证据链再次复原。

案件被再度送往市检察院六分院,由钟梵声检察官与其爱徒凌云对证据进行审查,准备起诉。然而宋律师调阅了所有证据后,提出重要的质疑:其一,这些间接证据尚不能形成完整的证据链;其二,从证据所得到的结论并没有唯一性与排他性,无法排除案情的其他可能。钟检察官会同宋律师与法院进行商讨,决定将案子再次退回公安侦查,也就是说这个案子再次回到了许心怡警官这里。

所以从目前的战局来看,唐公子的案件还没有能进入公诉阶段,就是宋律师暂时占了上风。

许警官也承认,现有证据确实存在一定缺憾,经不起推敲。如今警方最大的期待,就是找到另一个掌握更多细节的目击证人，与现有证人的证词相互印证，才能将此案重新提交到检察院。否则，一旦进入公诉，唐承言可能因为拒不认罪而直接被判死刑，但是也有一种小概率的可能性，就是因为有宋律师这样棘手的角色存在，这个案子也许会被视为证据不足，为秉承疑罪从无的原则，判决将唐承言无罪释放。这种风险是警方与检方都不愿意看见的。

案情胶着，听得我热血沸腾，恨不得自己仍参与其中。

我隔三岔五往许警官那里跑，当然还是在处理那一起总经理醉酒伤人案。有一回，趁着许警官刚吃完一整排巧克力，看上去戒备降低的时候，我假装请教她，为什么兰博基尼杀人案从一开始就没有排查不在场证据，核实嫌疑人是否有作案时间，这不是重案侦查的惯例吗？

我提出这个问题，自然怀着小算盘。案发当晚，唐公子自述一直在"无忧城"停留到夜深，如果在目击证人所叙述的时间范围内，唐公子有不在场证明，这岂不是宋律师的绝佳砝码？

许警官带着点抱怨的口吻，又提到了这个案子的最大问题，就是被当成一起普通的交通肇事案，还有顶包的人来搅局，没有能及时搜集和固定证据。时隔这么久，没有任何证据可以表明这起案件发生的具体时间，所以一切有关时间的排查都变得毫无意义。

我在心里默默遗憾了一把。

陪着宁总在公安局跑进跑出，勉力保住他没有被拘留，这让宁总对我感激涕零。他其实还真是一个很感性的人，熟悉之后，就立刻变成一个话痨，开始深聊他与那名财务究竟是"什么仇什么怨"。

那名财务姓卢，平日里被人们称作"小卢"。

宁总的原话大致如下：小卢相貌平常，天资平庸，业务也很一般，不知怎的，两年前忽然与唐董事的女友，就是那个有着模特身材的刘舒曼成了闺密。她们要天天泡在一起，亲密无间，我没有意见，可是不能把办公场所当作咖啡馆吧。刘舒曼每天下午驾临"汇食惠生鲜"的办公大开间，与小卢窝在角落里，娇笑聊天，喝咖啡吃蛋糕，竟然就这么持续了整整半年。

宁总说到，当时他曾经遣财务经理私下与小卢谈话，还谈过不止一次，小卢依然我行我素，并且声称，这是刘舒曼一定要来公司陪她,她也没办法。我理解宁总的气恼,刘舒曼是唐董事的人,小卢仗着刘舒曼无法无天,作为恒仁集团下属企业的总经理,宁总处理问题的立场很尴尬。

然而宁总的委屈与愤怒并不仅仅来源于此,接下来才是故事的关键部分。

那半年,恰好是唐董事的公子唐承言在"汇食惠生鲜"做投资考察的时段。唐公子自己手持一只基金,要在唐董事面前展现他的能力,其实反过来看,这是唐董事安排给他的一个"玩具",让他看上去"有所作为",也是希望他多花时间学习做生意,不要成天只知道寻欢作乐。

唐公子莅临下属企业,宁总当然希望办公室里一切秩序井然。偏偏小卢招惹来一个刘舒曼,每天在办公区域喝下午茶。更要命的是,刘舒曼与唐公子原本就是熟人,有时候,刘舒曼就招呼唐公子参加她们的"茶会",在办公室一同畅聊。下班时间一到,三人顺理成章地一起去吃晚餐,听说饭后还经常约唱歌泡吧什么的。

几个月后,这种情形传到唐董事耳朵里。唐董事越级训话,直接把宁总叫到他在恒仁大厦顶层的办公室,质疑宁总管理企业的能力，将他狠狠骂了一顿，差点把他当场开除。如果不是"汇食惠生鲜"这些年业绩斐然，恐怕宁总早已因此丢掉光明前途，去领失业救济金了。

宁总与小卢有这样的过节在，醉酒后一拳打断她的鼻梁，也就完全不奇怪了。

听完这段恩怨八卦，不知怎的，我生出一种奇怪的联想。

我将这事向宋律师汇报，宋律师照例是对八卦毫无兴趣，听得差点睡着。我不得不把我的怀疑告诉他："你不觉得这段往事的一些细节很蹊跷吗？唐公子和刘舒曼的关系似乎不平常，他们很可能……"

我说得脸颊发热，这个话题颇为尴尬。豪门真乱，父亲的女友比儿子还年轻，唐公子与刘舒曼一度两情相悦，有过一段美好时光，这也是完全可能的。从唐董事大发雷霆，也可以猜测到一二。

我以为宋律师又要责备我胡说八道，没想到，他的神情开始变得认真起来。他陷入沉思，随后给出一个判断："是刘舒曼在追唐承言，她得知唐公子要到那家企业调研半年，就主动结识了小卢，以闺密身份每天去办公室与小卢厮混，事实上是在寻找机会与唐公子亲近。"

没错，如果当时他们就已经两情相悦，完全可以直接约在外面，不需要相聚在办公场所的众目睽睽之下，还传到了唐董事的耳朵里。他们一个住在景贤区的别墅群里，一个有别墅，算得上半个邻居，约在家里岂不是更方便？

这些天，光顾着为宁总谈赔偿金额，我浑然忘记了那一笔一千二百万的天价赔偿金尚未落实。距离我上次在电话中向韩志宇摊牌已经两周有余，他沉默了这些日子，终于又打电话向我讨要这一笔巨款。

我告诉他，我已经退出这个案子，没有资格再与他商谈赔偿金，这事情我得请示宋律师，看是否派另一位助理来接替我的工作。

韩志宇打断了我，他认为我们这是在玩花样，换一种方法来拖时间。他一字一顿地向我宣布："我手中有最新的证据，我郑重建议你自己过来鉴定一下，如果你没兴趣，我不介意直接提交给检察院。我相信，这些证据足够把唐公子送去执行死刑了。"

听说有新证据，我立刻顾不得资格不资格，半小时后，我们就在丽思卡尔顿大堂咖啡吧再次见面。

韩志宇从双肩包里拿出一大堆 A4 纸。他先递给我最上面的一厚沓，是打印出来的微信聊天记录，杜兰兰与唐承言之间的。我翻看了一会儿，大部分是唐公子各种示好，各种邀约，以及杜兰兰的婉转拒绝。这些证据为唐公子的杀人动机做了注脚，显然对我方很不利，好在这属于我们早已预料到的不利因素。

想起唐公子在看守所里曾经声称，与许多女人一样，杜兰兰并非真心拒绝他，始终给足暗示，纵容唐公子继续追求，于是我八卦地又将聊天记录翻看一遍。

这些记录不是完全连贯的，可能经过了摘选。同样的聊天持续了漫长的几个月，若是我来拒绝，快刀斩乱麻，让一个追求者死心不会超过三四天。如果不是杜兰兰特别善良，心肠软，就是唐公子道出了真相。总之杜兰兰是否真心拒绝唐公子，做出这种违反规律的事情，这可能从此成了一个谜。

韩志宇见我面不改色，把下面的一沓 A4 纸也递给了我。这是带着不规则线条与色块的复印件，每张纸都像是复印了一个局部。我带着满心疑惑，推开咖啡杯，将纸张一一排开。

忽然间，我意识到了这是什么，惊讶得无以复加，迅速将纸张调换位置，拼接起来。我的面前出现了一位微笑着的天使，她张开翅膀，美丽的鬈发上戴着光环，正将和善的双手伸向前方，睫毛低垂，仿佛要拥抱世人。

这就是刘舒曼提到过的天使，在荒墙上曾经短暂出现过，又立刻被跑车撞毁的壁画。

韩志宇复印的，是杜兰兰事先构思绘制的缩小版草图，在她的遗物中找到的。这里只是有天使图案的一部分，在原图欧陆小镇的右侧五分之四处。这幅草图可以证明，案发当晚，天使的画像确实在荒墙上出现过，刘舒曼推翻的那一版证词是真实不虚的。

我的脊背顿时被冷汗浸透，这张草图的出现，恐怕意味着我们真正的丧钟已经敲响。

一旦这幅草图被交到警方或检方手中，刘舒曼将再次作为目击者被传唤，她曾经叙述的天使、疑犯穿着以及逃亡路线,将再次作为有效证词被归入卷宗。

许警官也说了,现在只缺第二份细节充分的证词,只要有了第二份证词,宋律师就不再拥有以"疑罪从无"来辩护的任何空间,公诉方将稳操胜券。

更糟糕的是,刘舒曼此前更改证词的行为将会被质疑,要是被逼急了,她也许就会指证我教唆她改变证言。

韩志宇观察着我神情的变化,露出满意的笑容,这才颇有把握地提出他的交易条件:"我可以把这些证据交给检察院,也可以不交,只要你们把一千二百万赔偿金付给我们,我可以忘记找到过这些证据,尤其是后面一份。"

我提醒他,如果我这么做了,那就是我们双方都犯了妨害司法罪,而他还多了一项敲诈罪。

他丢给我一个意味深长的笑容,不置一词。我想,这是因为他知道我是多么想要做成这笔交易,而且他拿准了,我一离开这里,就会立刻打电话给宋律师,立刻向恒仁集团汇报,会竭尽所能来为他——也是为我们自己——争取到这一千二百万。

但是,原本他并不需要冒这么大风险,在灰色地带被炙烤着的始终是我们这一方而已,他只需要等一等,多多少少总能得到赔偿金。我在谈话结束时这么问他。

自以对手的身份重逢以来,他头一回对我显出友善与真诚的表情,像是我们分手前那样。他叹了口气:"自从女儿死了,杜威整个人就垮了,他这些日子所有的房租、生活费都是我在付。一个月前他还病倒好多天,医药费也是我在付。再拖下去,我非但养不起他,自己都要饿死了。"

我乐了,埋怨他:"你明明是个好心肠的人,为什么总是装出一副恶人相?"

他自嘲道:"我们都是底层社会的,比不得你们这些淑女绅士可以装和善。我们要是好说话,岂不是更容易被踩死?"

韩志宇的推测没错。丽思卡尔顿离事务所很近,十分钟以后,我就已经在宋律师办公室里,与他一起紧急讨论这个问题。电话也由宋律师打给了恒仁集团,王红光主任又立刻汇报给唐董事,奇怪的是,唐董事那边迟迟没有指示。

正在焦灼等待的时候,宋律师拍了拍我的肩头,将车钥匙递给我。我乖乖接过，准备去洗车。宋律师被我受尽奴役的表情逗笑了："不是洗车，你开车到景贤区再跑一趟，站到'长安888'五楼的那个窗口前，对着那堵墙的方向拍几张照发回来给我看。"

我一头雾水，乖乖依照指示驾车前往。宋律师的"妻子"从不让别人驾驶，我手握方向盘，有点受宠若惊。想到他出此下策是为了不让我坐地铁，不禁默默欢喜，原来我的地位还是比他的法拉利高的。

按照刘舒曼当初描述的位置，我站到了商场珠宝楼层的走廊窗户前，在我向那堵荒墙望去的一刹那，我明白了宋律师大胆的猜测。

在跑车杀人案曲折离奇的辩护过程中，嫌疑人由朱富贵变成唐承言，其间涉及的相关人等数不胜数，其中具有排他性的细节却少之又少，最让人印象深刻的，就是刘舒曼关于天使画像的描述。

以前，我们都不确定这幅画像究竟是否真的存在过，如今有了杜兰兰留下的草图，我们就不得不注意到一个关键的事实——无论是顶罪的朱富贵，还是筹划"剧本"的幕后主使，抑或是景贤区的路人，没有人提及过天使图案的存在，除了刘舒曼。

看到过这幅天使画像的人，只可能是两种身份：一是目击人，二是真凶本人。

此刻我站在窗前，白天的视野非常清晰，我能看见那段被撞毁的荒墙，墙上的破损还未修复。墙是有弧度的，这一段墙体刚好在转弯处，从我的角度望去，只能看见侧面，当那里绘制着一幅天使的画像时，我想，最多只能望见一只翅膀吧。

## 9. 无法证明的真相

我回想杜兰兰的资料。韩志宇在谈判之初,就特地把杜兰兰的照片带来给我,为的是告诉我,我们谈论的不是售价,毁灭一个美好生命,这种罪恶没有价格可以赎回。

因而我清晰地记得杜兰兰的容貌,她的五官与刘舒曼的极为相似,英武的浓眉高高扬起,双眸幽深晶莹。第一眼看到照片,我还以为是刘舒曼的照片呢。细看之下,杜兰兰的脸型比刘舒曼瘦削几分,显得更加清丽。再看杜兰兰其他的风景照,她的身高不如刘舒曼,有些矮小,没有刘舒曼模特般的比例。

刘舒曼为什么要杀死杜兰兰?我猜测,是嫉妒,容貌相似是导火索。

两年前,刘舒曼曾疯狂地追求唐公子,也许两人好过一阵,随后和唐公子的其他恋情一样,过了保质期;也许唐公子忌惮父亲的存在，并未接受刘舒曼。无论如何，刘舒曼一定心有不甘，却默默压抑。

从半年前起，刘舒曼发现唐公子风风火火地追求杜兰兰，无意中看了一眼网络上杜兰兰的照片，这些照片瞬间点燃了刘舒曼的不甘心，她陷入了极度的愤愤不平中。因为杜兰兰的脸看上去与她非常相像，她觉得杜兰兰明显就是她的翻版。

她应该还借了某个场合亲自结识杜兰兰，为的是近距离观察她。她发现杜兰兰身材没她好，还是农村出身，那么，凭什么她刘舒曼追唐公子而不得，唐公子却掉头追求杜兰兰，任凭杜兰兰推三阻四，他还一直不愿放弃？

由于杜兰兰的出现，刘舒曼很可能又开始主动纠缠唐公子，她可能会对唐公子这么说："我和她的照片放在一起，你都会认错，为什么你不要我？"

我猜想，案发那天晚上，刘舒曼得知唐公子到了"无忧城"，就再次过来纠缠，被唐公子拒绝后，她就赌气开着唐公子的跑车去见杜兰兰。她开着那辆兰博基尼，是为了在杜兰兰面前宣称自己对唐公子的主权，她要求杜兰兰识趣退出。然而，杜兰兰的回复激怒了她。

杜兰兰说了什么呢？例如女人存在的价值不是讨别人欢心，比如做妻子或女友，而是拥有自己成长的空间，比如绘画与艺术。女人的一身好皮囊并不是被爱的理由，灵魂才是。抑或是，谁让你不懂怎么抓住男人？活该他们作践你。关于杜兰兰究竟是怎样的人，我实在无法推测。不过殊途同归，刘舒曼急怒攻心，一时冲动开车撞倒了杜兰兰，并且又两次碾过她，这才消了心中一口恶气，换作惊慌与恐惧。

她逃离现场，打电话给唐鼎年。她深知要处理危机，唐公子没有用，这个时候只有找唐董事。

唐董事当机立断，通知他的亲信王红光主任掩盖此事。"剧本"飞快成形，刘舒曼换了衣服，来到"长安888"招摇过市——我不知道珠宝楼面发生的盗窃案究竟是一场误会，还是刘舒曼故意制造的不在场证据。朱富贵一边背诵"台词"，一边动身买火车票——我也不知道他究竟是怎么被选中的，他与恒仁集团本部关系甚远，原本并不会出现在王红光主任的视野内。

至于唐董事为什么要冒险包庇刘舒曼，也许出于他对这位女友的迷恋，更大的可能性是，他不希望丑闻被世人周知：唐董事的女友爱上唐公子，还与唐公子追求的女人争风吃醋，开车将人撞死。凭借恒仁集团的知名度，这怕是会成为点击量上亿的丑闻，没准还能成为著名的逸闻趣事流传到下个世纪，一直被人们拿出来说笑。对于唐董事这样的成功富有人士而言，这将是他最大的噩梦。

正因如此，当怀疑的矛头错误地指向他的亲生儿子时，唐董事依旧暂且引而不发，一心希望通过花钱毁灭证据，使这桩案件消弭于无形。

然而另一方面，唐董事也做好了万全准备，毕竟儿子是最重要的。我现在终于明白，他为什么要派人收走刘舒曼的护照，刘舒曼又为什么急于出国，这不仅仅关系到改变证词——唐董事打算在万不得已的时刻，也就是唐公子无法顺利脱罪的情况下，最终把刘舒曼抛出来。

可惜这一切都只是猜测，我将手机上的照片输入电脑，放大了给宋律师看，他的眉眼间露出几周以来我都没有见过的振奋。

相信我，学习法律这么多年，我了解这种感觉，律师从来就不是全知全能，大部分时间，我们身处似是而非的迷雾中，只能通过烦琐的抗辩过程来赢得一个法律意义上的事实。因而我们是对真相最饥渴的人，十个案件中，要是有一个能在审理过程中真相毕露，那已经是非常难得的了。

宋律师将大衣搭在手臂上，抓起车钥匙："我去套一下唐公子的话，看看我们的推测到底是不是这么回事。"

宋律师奔向看守所，我则再次奔向景贤区，带着韩志宇留给我的壁画图样复印件——我去找许心怡警官提交这一份最新证据。我这是出卖了韩志宇。半是内疚，半是快意，我对自己说，他利用了你一次，你出卖他一次，刚好扯平。

我将那一沓复印件铺在许警官桌上，拼接完毕。对比我从"长安888"五楼窗口拍摄的荒墙照片，可以明确显示，壁画原本有天使画像的位置正处于墙体的转弯处，并非刘舒曼声称的视线可及。许警官对比了足足有半个小时，我看见她的脸上缓缓地绽开惊喜的笑意，她笑起来原来是非常美的。

警队用最短的时间申请到了搜查令，对刘舒曼的住处进行了突袭检查。可惜，听说结果不如人意，毕竟事情过去了这么久，在刘舒曼的别墅里并未发现任何与案情有关的衣帽、鞋子与通讯往来记录。

刘舒曼被再次询问时，表现得极为慌张、恐惧，也许正是因为太害怕了，她一口咬定：她什么都没看见，她不是目击证人，更不是凶手，关于墙上有天使画像的说法只是她的信口开河，纯属巧合。天使是欧洲题材油画中一个常见的元素，她看见过壁画的其他部分，想象出一个天使也是合乎常理的，不是吗？

从恒仁集团听说这些最新情况后，我可以想象，警方的侦查再次陷入困境，许警官可能又要开始用其他方法挖地三尺，来追查这个案件的真相了。

相比之下，宋律师认为他的收获更多。

此前宋律师来到看守所，开诚布公地向唐公子阐述了他的推想——关于刘舒曼妒火中烧，驾车撞死杜兰兰。

他甚至还简单猜测并描述了当晚的情景：此前已经连

续好些天，刘舒曼不断打电话给唐公子，唐公子避之唯恐不及。那天晚上，刘舒曼听闻唐公子独自来到"无忧城"消遣，她追到"无忧城"，找到唐公子所在的包房，温言软语，期待唐公子对她表现出几分亲昵。无奈唐公子正一心陷在杜兰兰欲擒故纵的游戏中，对刘舒曼不假辞色。

被纠缠得烦了，唐公子抓起桌上的车钥匙，径直走出包房，向后院的停车场方向走去。他向刘舒曼宣布，他打算干脆现在就去见杜兰兰，再次发动浪漫突袭，他知道这个时候杜兰兰应该正在加班绘制壁画。这话也是为了故意气一气刘舒曼，好让她知难而退。

宋律师猜想，唐公子原本确实与刘舒曼有过一段，这也是刘舒曼纠缠不休，唐公子却没有跟她彻底翻脸的原因。唐公子走到后门口，刘舒曼追到后门口，假装肚子疼，一定要唐公子先开车送她回家，唐公子自然是不会从命。两人拉拉扯扯间，刘舒曼抢过唐公子手中的车钥匙，撒娇说，如果唐公子不送她，就让这辆车来送她。唐公子又心软了。

刘舒曼就这样开走了跑车，离开之前，她还摘下唐公子头顶的红色棒球帽，戴到了自己头上。她也恰好穿着一件白色外套，与唐公子夹克的颜色相同，因此她怀着一丝隐幽的甜蜜，她凑巧与他穿了情侣装，她相信这必定是一个好兆头。

唐公子失去坐骑，决定回到包房里去喝两杯，暂且享受一下清净，浑然不知一场惨剧即将发生。刘舒曼则开着唐公子的兰博基尼，戴着他的帽子，去找杜兰兰宣告她的主权。那一刻，连她自己也没有想到，她会以跑车为凶器，犯下如此灭绝人性的罪行。

她当然更没有想到，因为她开走的车和她拿走的帽子，唐公子成了这场罪行的嫌疑人，如今正在看守所代她受过。

听完宋律师的一番想象，唐公子没有露出任何惊讶的神情，他只是这么答复："你们要是不知道发生了什么，我说出来，就是出卖了一个女人。你们要是知道，也就不需要我说出来，你说是吧？我看好你们，加油吧。"

我哭笑不得，这不就是一无所获吗？

不过宋律师说，唐公子的态度肯定了他的推测。

"他到底是哪个字指证了刘舒曼？"我觉得宋律师的逻辑越来越难理解了。

"我的直觉告诉我的。"宋律师的这句话把我逗笑了,他平时不是最爱批评我依赖直觉,缺乏理性思考吗?

其实人都是感性的动物,有直觉,有偏见,有好恶,所以按照宋律师的说法,这才需要一个平衡的法律体系来最大限度地排除非理性的部分,求得相对来说最接近公平的判决。

不过现在回想起来,唐公子此前早就给足了我们暗示。

唐公子始终坚称自己没有开车撞人,却没有讲出一个自圆其说的故事。当初我们都以为,这是因为他没有本事把一个谎话编得天衣无缝,在他被警察带走前,由于时间过分匆忙,王红光主任也没能来得及给他一个完美的"剧本"。或者恒仁集团认为,到了这一步,谎话更容易显露出我方的弱点,还不如采用我们律师的建议,不说。

然而唐公子并不是什么都没有对我们说。每次我们去看守所探望他,他都说了不少关键的话。诸如他曾经像是在与某种高尚的苦衷搏斗,对着我们叹息:"我没法这么做,我实在做不出来。我是个大男人,是大男人就不能说出来。"

他像是苦恼地权衡利弊："其实吧，把事情往我身上揽，我觉得我脱身的希望还大一些，我这不是还有资源，还有你们吗？要是换了别人可就不一定了。"

当初我们都以为，他是一个"戏精"。现在看来，这些话可能真的是他对我们掏心掏肺了。作为一个男人，要他为了自己从看守所脱身，供出一个弱女子，他"实在做不出来"，就这么简单。

我惊叹道："没想到唐公子一个纨绔子弟，竟然这么热血，对一个前女友都愿意舍命呵护。他有过这么多前女友，要是每一个人都去杀人犯罪，唐公子的命哪里抵得过来？"

回头一想，又觉得极其不合理，最近几个月里，明明杜兰兰才是唐公子最心仪的女人，对于刘舒曼，唐公子早就没有兴趣了，按照这个逻辑，唐公子应该是主动揭发举报刘舒曼，为杜兰兰报仇才是。

宋律师侧目看着我一个人在那儿分析，表情沮丧。每次他露出这个表情，我就知道，我的智商肯定又让他失望了。

宋律师走过来，敲了敲我的脑壳："你知道唐公子那种类型的男人最怕什么吗？他最怕有人用景仰的眼神望着他，最怕有人把他夸成一朵花。"

宋律师以一种阅览过无数"中二"心理的专家的身份指出，唐公子不喜欢刘舒曼的骚扰，但是他还是纵容她骚扰，这是因为他热衷于享受这种被仰慕的感觉。唐公子深知，他在刘舒曼心中是一尊男神、完美的偶像、求之而不得的理想男性，他想要保持形象。所谓有眼睛注视的地方才有英雄，尽管唐公子目前的做法并没有英勇之处，充其量是一个顽抗到底的嫌疑人。

况且，宋律师认为，唐公子根本没意识到自己可能会因此掉脑袋，他习惯了有钱能买到一切的生活逻辑，他相信老爸能搞定一切，不把刘舒曼供出来，也就是在看守所多忍耐几天而已。一旦他听到法庭宣判死刑了，他肯定立刻什么都招了。

只是到了那个时候，他的证词还能起多大作用？一个被判了死刑的罪犯慌乱之下开始乱咬人，法庭会如何评估其可信程度呢？

说到这里，宋律师在飘浮着檀木香气的办公室里来回踱步，我知道他气不打一处来，我也是。自以为能颠倒事实的唐鼎年与王红光，找人顶罪，买通证人，再加上一个不知轻重的唐承言，我们身边都是猪一样的队友。

不过，私下里，我开始觉得唐公子还是有几分可爱的。一个人如果能有哪怕一两件"实在做不出来"的事情——像是唐公子不愿出卖刘舒曼，宋律师不愿放弃对当事人的责任而中途退出一个必会自取其辱的案件——这个人就不是一件商品，这个世界就依然存在超越利益的另一种价值。

所有证据的追查方向再次落空，我们一无所获，唯独剩下一个直觉正确的猜测。

没有证据支持的推理，法庭不可能接受。

没有证据支持的直觉，也未必正确。

无论如何，我不想离开这个案子。我对宋律师说，如果这个案子是一艘泰坦尼克，我愿意与它一起沉没，或者幸存。

我相信刘舒曼就是凶手，我一定要找出有决定意义的证据。如果我能成功，那么泰坦尼克不会沉没，我们不会输掉案子，也不会赢得满面蒙羞。我们将以一种极为荣耀的方法来赢得这场胜利。

走出事务所寂静的花园，下班高峰期已过，市中心车水马龙，灯火辉煌，去哪里找证据依然无解，何谈"荣耀"？我走向地铁站，无数寻常人的笑脸掠过我的视野，年轻的父母带着稚子外出吃饭，情侣手牵着手走向电影院，他们岁月静好，只会有被老板责骂的小小屈辱，或者得到年度工作奖励的细微光荣，这是多么值得羡慕的人生。

还记得在父亲被宣判的法庭上，我觉得我和母亲的人生注定要在屈辱中度过，从那时候起，我始终在想一个问题：我的一生究竟需要赢得多少闪闪发光的荣耀，才能驱走这一片无尽阴霾？

父亲被法警带走前，母亲拉着我一路哭泣着与他告别，嘈杂中，我听见父亲低声叹息道："举头三尺有神明。"

母亲打电话来，说她已经到家，问我何时能到家吃饭，又让我顺路替她买一些伤湿止痛膏带回去。与母亲一同吃罢晚饭，我帮她推拿腰椎。我知道近日又逢每个月做账的日子，母亲在很多家小企业兼职做财务，每月此时，她特别忙，腰椎病就会犯。

我劝母亲少兼几家，我已经工作，每月收入不低。

母亲说："不行啊，'那笔款子'还差很大一个缺口。"

我只得缄口不言，回到房间，还在想着到哪里去找新证据，心中烦乱不堪。

前些年，我们家老宅的一侧道路拓宽，院子被削去一角，我房间的窗口因此靠近了道路。我拉上窗帘，经过的车灯却不时涌进来，投影在房间里，有如走马灯一般。已是深夜，市中心地带，夜晚仿佛刚刚开始。我望着墙上的灯影，感觉自己有如坐在行驶的列车上。猛然间，一个灵感闯进我的脑海，我几乎是夺门而出，坐地铁往景贤区奔去。

## 10. 造物主之眼


毕竟比不得市中心，景贤区在这个时候已经萧瑟冷清，尤其是这两天降温，又逢阴雨，街上行人更加稀少。

我有些后悔没把手套和帽子带出来。我将双手插在羽绒服口袋中，裹紧围巾，从荒墙边的那条路开始，沿途搜寻，从一个路口到下一个路口，从垂直的路到平行的路，这么一路走下去。我搜寻的不是地面，我仰头望天。

记得父亲说，"举头三尺有神明"。我想到，冥冥之中，罪行总会被看见，如果找不到更多的目击证人，还有悬挂在这个城市上空的监控——举头三尺位置的"眼睛"。

我知道荒墙所在的那条路上还没有安装监控，但是还有附近路段上的监控。我在寻找一双"眼睛"，它的面前恰好没有高楼的阻挡，它的视线可以恰好延伸到案发位置。我很清楚，超过一定距离，又是在浓黑的夜晚中，即便找到一处监控，哪怕完全符合我想要的条件，录影带的远景中也是一片黑暗，不可能拍摄到案发的情景。

然而，一片黑暗，对我已经足够了！

这是受到我房间墙上光影变幻的启发。在案发前，杜兰兰正在绘制壁画，她点着一盏临时照明灯。顶罪的朱富贵提到过这盏照明灯。在交警队的现场勘查记录上也有这盏已经倒下破碎的照明灯。

凶手撞向杜兰兰的一刹那，撞翻了杜兰兰所在的梯子，同时也撞倒了那盏支起的临时照明灯。如果有一处远方的监控正对这个方向，就算拍摄不到任何图像，至少能感知这细小光亮的一闪而逝，再远都能捕捉到。可能从画面上看来，这不过像是远处飞过的一只萤火虫，需要十二万分的细心与耐心才能等到这一闪，然而只要能找到这微小的一闪，就能将我们引向一个庞大的证据宝库。

许心怡警官曾经告诉过我，这个案件没有时间轴，根本没有可靠的证据可以框定案发的具体时间。

刘舒曼的证词曾经一度令警方认为，五楼珠宝楼层发生争执之前的时间点，就是兰博基尼杀人案发生的时间。

许警官曾经依据这个时间，调取了嫌疑人逃跑路线上的所有交通监控录像，也就是从荒墙前的小路往西，直到人工湖畔步道的路面监控，但是一无所获，根本没有任何一个类似衣着的行人经过。

这也是我将杜兰兰留下的壁画图样复印件交给许警官时，她告诉我的。因此，她始终怀疑刘舒曼证词的真实性，也曾经将刘舒曼列入嫌疑人进行调查，苦于没有实际证据。

如今，只要我能发现这么一个监控探头，捕捉到照明灯倒下的那一闪，就是找到了杀人案发生的精确时间。根据这个时间，用步行速度推算，调取凶手逃往人工湖畔方向的监控录像，举头三尺，处处是交通探头，必定能从其他路面监控中看见这个凶手的真面目。

我在寒夜里走了足足两个小时，才发觉这个工作量有多么大。新区的地域很大，道路都比市中心分散，探头也尚未安装齐全，这令寻找变得毫无规律，唯有靠一米一米的步行与观察。

因为是借着路灯仰头寻找，很快我便觉得头晕眼花。这时候，我隐约看见不远处有一个人影，也正仰着头，沿着另一条路步行。她穿着藏蓝色的警用棉衣，走得缓慢而疲惫。我心念一动，想着她会不会就是那位熟人，刚要紧步追上她，转眼她就消失在黑沉的夜色中，徒留潮湿的地面反射着路灯的光亮。

事务所平时还是需要我跑腿，随后的两天里，我各抽出半天去景贤区继续寻找那一双"眼睛"，不负有心人，终于被我找到了一个位置相当理想的探头。

接着便是回到事务所开介绍信，一并带着我的证件，去交警部门调取监控录像。

"你要看的这一份已经被借走了，就是昨天。"工作窗口的姑娘告诉我。

我立刻猜到这盒录影带去了哪里。我赶到景贤区公安分局，分局接待处的一位年轻男警官一脸爱莫能助的表情："许心怡警官病了，重感冒，发高烧，今天都高出天际了，领导下令把她送急诊了……明天能来上班吗？这可说不好，我看她至少需要在医院挂好几天吊水。"

隆冬季节，成天在大街上步行找探头，估计就是这么感冒发烧的吧。

我心急如焚,这该耽误多少天,才能让我看见那盒录影带啊?想起宋律师与许警官似乎是旧识,我央求宋律师去探病,顺便帮我把那盒录影带借来。我声明,我不是白借,我有资料跟她交换。那天晚上,从案发地点往西到人工湖步道,所有路段有监控录像的,我都调出来看过了,总共有19名行人的穿着是红色棒球帽加上白色外套。我记录下了所有这些人在监控上出现与消失的时间,精确到秒,并且在一张自制的电子地图上标注了他们当时现身的具体位置,还注明了是否能看清脸部特征。好消息是,大部分人都能看清五官。

宋律师先是问我:"这么多监控录像,你得花多少时间才能看完啊?"

我说,不多不多,新区的监控探头还很稀少,一路上总共只有四个。从六点天黑以后到朱富贵上火车的十二点前,是凶手可能经过那一带的最大时间范围,六个小时的录影带长,四个探头,不就只需要看二十四小时吗?

宋律师一脸服气地重新打量了我,然后告诉我,以他对许心怡警官性格的了解,这二十四小时,她肯定都看过好几遍了,这些记录她也肯定比我做得更详尽。他对着我扔下一句"没想到,你们两位真是天生一双",就提起我代买的水果篮,匆忙赶去探病。

录影带真的借回来了,宋律师与许警官的前尘往事看来不浅。

我乐滋滋地再次一头栽进六个小时的录影带里,关上小会议室的灯,拉上窗帘,在一片黑暗的远景中一秒一秒屏息静气地观察,反复地来回寻找。其间,事务所的同事不断进来,问我在看什么精彩美剧,看到我对着一块黑屏幕目不转睛,都觉得不可思议。直到没有人再进来窥探,录像机上时间显示已过二十二点,终于,被我找到了那一闪而逝的时刻,极远处那一点亮光像一只萤火虫忽然飞起,落地。

我激动不已,立刻记下时间点,对照其他录影带中19名嫌疑人的记录,果然与其中一个嫌疑人的现身时间精确吻合了——在那个时间点撞死人,向西往人工湖步道方向逃窜,我亲身试过各种步速,只有那个人是完全符合时间特征的。

红色棒球帽、白色外套、脚步凌乱地小跑着，我找出那盒录影带打开看，我很确定我看到的就是真凶逃跑的影像，这种慌张完全能从背影中读出来。然而，仅仅是背影，大多数红帽白衣的人都被拍到了清晰的，至少是侧面的脸部特征，这一位恰好属于没有被拍摄到脸部的少数之一。

可能也是因为这个真凶顾忌监控探头，他总是挑小路走，不得已走上大路，就压低帽子，刻意远离和背对监控位置，再加上天黑，视野大，人的影像小而模糊，即便放大，精度不够，也看不出什么有识别性的细节，甚至连男女都分辨不出来。不像我从"无忧城"拿出的那盒录影带，拍摄位置低，视野小，光线明亮，同样是背影，不用怎么放大就能看清一切细节，包括围巾的logo（标志）、耳钉的花型等等。

不知怎的，越是分辨不出是谁，我越是确定这就是刘舒曼。她有偷窃癖。从接下她那个盗窃案的时候，我就知道她对观察监视器探头有无穷的经验，甚至可能是一种爱好。为了配合她的偷窃癖，她观察每个场所的探头位置，清楚地知道那些探头的朝向和视野范围。这个神秘的背影对探头的位置这么有感觉，在匆忙逃跑的过程中，还能熟练地避免被过多拍摄到,这多半就是刘舒曼。

我拉着进度条来回搜索,几乎要被自己的坏运气击溃了。我看着这个真凶躲躲藏藏,在黑暗中奔跑,忽然间,这家伙一不小心在人工湖的步道上撞到了一个人。我大喜过望,急忙定格,真凶背对着探头,被撞到的那个人必定是正面对着探头。我在放大图像的同时不免有些担忧,即便监控录像捕捉到了那名路人的脸部,要在茫茫人海中寻找这么一个陌生人,实在也不是一件容易的事。

画面上呈现出一格格被放大的影像,被撞到的那个人穿着环卫工人的工作服,握着扫帚,他的脸渐渐清晰可辨。一瞬间,我惊喜得欢呼一声。

那名环卫工人不是旁人,正是被害人杜兰兰的父亲,杜威!

他一定能记得真凶的相貌,那个人撞得他不轻,将他撞得趔趄后退好几步。而且,对于他而言,这是人生中多么特殊的一个夜晚啊,这是他女儿被残忍杀死的那个夜晚,所有细节都会如刀刻般封存在他的记忆中,恐怕今生都无法抹去。

## 11. 再见，律师生涯

韩志宇、杜威与我，三个人再次坐在一起。因为韩志宇很生气，他坚持不去酒店的大堂咖啡吧见面，以免接受我的"假仁假义"，我们不得不还约在杜威的出租屋。那栋黑乎乎的废弃厂房折磨着我的嗅觉，这还是其次，没有空调，冷风不停地穿过没有玻璃的窗户盘桓在我们周围，我觉得脚趾都已经冻得没有知觉了。

"抓住真正的凶手，告慰杜兰兰，这不是被害人家属最希望的结果吗？"为了缓和气氛，我向韩志宇解释，将壁画图样复印件交给警方是为了寻得真相，出卖他也是情非得已。

韩志宇冷冷地看着我："一千二百万呢？你承诺了这么久的赔偿金在哪里？"

不过他还是故意显得非常宽宏大量，他允许我询问杜威，并且当着我的面对杜威说："既然警察也都已经来问过你了，你怎么告诉警察的，就怎么告诉她吧。"

杜威将脑袋窝在肩膀里，依然一副唯唯诺诺的样子。他非常依赖韩志宇，眼睛一直往韩志宇那里瞟，一声不吭，目光都不直视我。直到韩志宇发出明确的号令，他才肯回答我的问题。

然而询问的结果让我大吃一惊。杜威很诚恳地告诉我，他记不清了。他记不清那一夜究竟在什么时候被人撞到过，因为行人撞到环卫工人是经常发生的事情。我给他看了手机拍摄下来的那段录影带，他承认那个环卫工人确实是他，可是他记不清撞他的路人究竟是怎样的面貌，更记不清任何细节，诸如身高、体型、香水等等。

我问他，走路撞到人，难免会惊叫一声，他是否能回忆一下，那声惊叫是男人的声音还是女人的。杜威迅速地摇头，表示也完全回忆不起来了。

我没想到是这个结果。

蹲坐在厂房中央的一个矮铁墩子上，我将手指插进头发里，抱着脑袋，只觉得失望至极。我不甘心地问杜威，这个夜晚发生的事情，他痛失爱女的这个夜晚，他怎么会什么都不记得了呢？要知道，如果能回忆起那个撞到他的人，就可以将真凶绳之以法，还他女儿一个公道。

我看见杜威捂住了脸，开始抽泣。韩志宇替他回答道："就是因为那一个晚上受的刺激太大，他才记不清很多别的细节了，你这么逼问他、刺激他，合适吗？"

铩羽而归。宋律师正在事务所等我，他在自己的办公室里踱来踱去，悠闲地擦着他的那些明代瓷器，掸去墙上几幅荷兰油画上的积尘，瞟了一眼满脸写了"失败"的我，随后颇为不忍地将另一个坏消息扔给了我：刘舒曼再次在警方面前改变了证词，她已经同意描述当晚从商场五楼窗口看到的情景，从而指证唐承言是真凶。

关于墙体有弧度，从窗口位置无法看见天使画像的疑问，刘舒曼是这样解释的：她认为杜兰兰绘制的壁画未必百分百地依照设计草图，她很可能把天使绘制在撞击点的另一侧，与图样的定位略有差距，而那个位置恰好是墙体转弯的另一角度，所以她才能从窗口望见天使的画像。

这么一来，唐公子的案件将被顺利提交到检察院，不出意外的话，会很快开庭，那时唐公子的生死就真的不好说了。在现在的证据条件下，宋律师表示，他确实没有任何把握可以保住唐公子的性命。

我急忙提醒宋律师，还不赶紧找恒仁集团，联系王红光主任和唐鼎年。他们就是最初为了刘舒曼找朱富贵顶包的那些人，他们知晓一切事实，刘舒曼对他们又是一直言听计从。到了这种关键时刻，还有什么必要再顾忌丑闻被世人周知？丑闻曝光哪里有儿子的性命重要呢？唐公子都命在旦夕了，这个时候，就应该立刻让他们命令刘舒曼坦白自首，还唐公子一个清白。

转念一想，我又说了一堆废话。宋律师肯定都已经跟恒仁集团联系过了，要不然，他哪里会有闲暇在这里欣赏古董？宋律师果然满脸嫌弃地剜了我一眼。

得到刘舒曼同意指证唐公子的消息后，宋律师第一时间直接打电话给唐董事，建议立刻实施两种方案：如果刘舒曼是真凶，就给刘舒曼施加压力，让她立刻投案自首；抑或，如果唐公子是真凶，就立刻支付一千二百万赔偿金，从被害人家属那里取得谅解书。

通完电话半小时后，王红光主任竟然破天荒地亲自驾临乾坤律师事务所，就在这间办公室里与宋律师面谈。据宋律师说，王主任的声音都是灰败的，本来面团似的一个人就跟被拍打过一样。

王主任告诉了宋律师一个可怕的结果——刘舒曼翻脸不认人了！

就像得了失忆症一样，刘舒曼根本不承认她开过那辆跑车，撞过杜兰兰，不承认在撞人之后，唐董事替她找人顶包，当然也不承认她事实上并不是本案的目击证人。她铆足了力气要做目击证人，指证唐公子，将唐公子送上死刑台。唯有如此，她才是真正地脱罪了。她还反过来指责王主任，说他威胁她，强迫她替唐公子顶罪，如果王主任继续骚扰她，她就报警。

估计是刘舒曼在决定做证前，就已经做好万全的准备，她已经打包行李完毕，干脆地搬出唐董事提供的别墅，住酒店去了。据说她还申请警方的保护，也不知道许警官理会她了没有。

我问宋律师："你相信谁？"我的意思是，也不排除这样的可能性，刘舒曼说的是实话，她真的是无辜的，只是一个目击证人而已。

宋律师叹息道："这一回，我倒是居然相信了恒仁集团那些老狐狸。"

按照宋律师的说法，恒仁集团这一回是自搬石头砸自己的脚，谁让他们一开始故弄玄虚，找朱富贵顶罪，之后为了继续隐瞒那些丑闻，也是为了掩盖他们找人顶包的罪责，越陷越深，到处买通证人，没有及时把刘舒曼抛出来。现在可好，被刘舒曼反将一军，变成了唐公子替刘舒曼顶罪抵命的局面，真是因果循环，报应不爽。

他们输就输在过分自负，以为靠一点钱和势力，就能只手遮天，却忘记了最关键的一点：所有对他们俯首帖耳或者心怀畏惧的人，都是看在钱的面子上，而涉及这些人心目中比钱更重要的事情时，钱便不重要了。

比如说，刘舒曼自知一旦投案自首，不判死刑，也是无期徒刑，她这一生就彻底完了。她翻脸不认人是意料之外，却是情理之中，唐董事和王主任早就应该想到的，可惜他们被许多人阿谀奉承、前呼后拥习惯了，他们把自己误认为了神。

说起刘舒曼,宋律师不合时宜地感慨道:"这姑娘倒是很有心计和决断,思维也够缜密,如果她不是凶手,我还真想把她招进事务所里呢,可惜了。"

宋律师这是在故意逗我,边说边端详着我,一副"她可比你强多了"的表情。

但是我一点都笑不出来。

宋律师之所以在这里无所事事,是因为他暂时没有想出任何对策,无计可施。

而且,这种危急关头兼下班时分,他特地等着我回事务所,不是为了告诉我案情的进展,他这是在提醒我,我的危机可能也即将来临。

我坐地铁回家,母亲已经做好晚饭在等我。她在父亲入狱后才开始自学烹饪,家里没有了保姆,什么都得她来操持。她年轻的时候曾在瑞典留学,此前唯一的烹饪经历来自那个时期,所以做饭带着西餐感,比如今晚餐桌上的便是煎三文鱼排、莳萝土豆与蔬菜沙拉。沏了薄荷茶,我们便坐下吃饭。

母亲埋怨我怎么又往"那张银行卡"里打钱:"你不要太节省,年轻人在社会上工作,该用的钱还是要用,我不希望你和别人生活得不一样。"

我安慰她道,不是我节省,是我的工作赚得比别人多得多呢。再说"那笔款子"还有很大缺口,总要补齐了才安心。我又向母亲大人辞行,告诉她,过些天我可能要出差,也许会离开很长一段日子。

我连夜给老宅做了大扫除,洗涤与晾起积存的脏衣服,将家中的照片与摆件排列齐整,收拾了简单的行李。

第二天,世界出乎意料地平静。宋律师外出办事,门扉紧闭。我坐在事务所办公区的窗前眺望庭院,看着最后几片黄叶从枝头飘落。闲来无事,我将宋律师衣橱里的五件衬衫抱去干洗店。

第三天中午,宋律师打电话回事务所,让别人将分机转过来,要我听电话。他匆忙地告诉我,刘舒曼果然举报了我。为了给她自己的证词增加可信度,她向检察官解释了两次改变证词的原因。第一次,她在提供了目击证词之后,又否认了这些证词,这是因为她受到了威胁与诱导。

她告诉检察官，正是我——程蔚然律师——凌晨造访她的别墅，极力劝说她撤回目击证词，否则"律师想要将一个人送进看守所，总有各种方法"。她还向检察院提供了照片——她在那天凌晨偷拍的我与她会面的照片。

至于第二次改变证词，是她良心发现，觉得不能因为自己的胆怯而让真凶逃脱法网，这才鼓起勇气与恒仁集团决裂，决定重新配合检方做目击证人。

宋律师在电话那头的声音有些嘶哑，听得出他很难过以及无奈，这语调让我觉得如沐春风。反正被举报是迟早的事情，得知刘舒曼再次改变证词的时候我就知道，宋律师也知道。有我在意的人为我难过，才是此刻值得感受的幸福。

刘舒曼举报后，乾坤律师事务所立刻接到通知，司法局律师管理处要对我进行调查，让我下午过去交代情况。检察院还未决定起诉我。宋律师方才已经在电话中拜托事务所其他合伙人，请他们为我多方斡旋。

我笑笑，先去干洗店将宋律师的衬衫抱回来，为他整整齐齐地挂进壁橱，这才出发去司法局坦白从宽。

邱处长是一位有着学者气质的清瘦老人，戴着金丝边眼镜，满脸悲悯地打量着我。我将那日凌晨与刘舒曼见面的事情原原本本地对他说了，包括我能回忆起来的每一句对话。我看不得别人伤心流泪，就这么半夜出门干了件天大的蠢事，结果落到这般境地，我向邱处长承认我很难过、很悲哀，但是我并不后悔。

邱处长说了一句与宋律师很类似的话："要是你说的是实话，你的个性做律师真的还需要打磨，不过，这个性倒是很适合去居委会工作的。"

他告诉我，我与刘舒曼究竟说了些什么，这肯定需要继续查证，不可能只听我的一面之词。然而说到底，两个人在凌晨的别墅里说话，说了什么，天知地知，即便一切真如我所言，我也百口莫辩。要是我威胁证人改变证词的行为被坐实了，律师执照肯定是保不住了，是否判刑还得看检察院的意见。

我说我早有心理准备，已经提前把行李都打包了，这会儿没带着行李去看守所，我还挺庆幸的。

不久之后，乾坤律师事务所收到司法局的正式通知：

某年某月某日，经司法局局长办公会议研究决定，给予你所专职执业律师程蔚然停止执业六个月的行政处罚，停止执业时间从某年某月某日开始至某年某月某日止。还附有一张司法局行政处罚通知书。

我陷入了一种真空的黑暗中。

每天早晨在枕头上醒来，我不知道这一天该做什么。我必须如往常般出门，否则母亲会起疑心，然而我无法去事务所。宋律师倒是建议我继续上班，但不参与律师工作，至少还可以帮他整理一下许多陈年的档案。我无法面对其他同事。这还是事务所收到的第一份行政处罚通知书，我给事务所抹了黑，同事们都用异样的目光看着我。

我选择了一处公园，已将近春节，室外天寒地冻，公园里也少有游人，显出极为萧瑟的景象。再过半个月，本城也将成为一座空城，所有来大城市打工的人都会返乡。

我坐在长凳上看鸽子，设想了一千种我可以从事的其他职业，比如说真的发挥性格所长，去居委会，去公益组织，或者像宋律师原来那样去做一名教师，或者做司机、销售、服务员，每一种职业都有独特的方式可以使这个世界变得更好。可是当鸽子飞来散去重复了一千次以后，我发觉，我最想从事的职业还是律师。

这个世界曾以残忍的方式给我以重击，这促使我希望以一种战斗的方式来面对人生，我想要追逐正义、公平、真相，我不要这个世上的任何人觉得委屈。这是我的梦想。

宋律师平日里以"慢生活倡导者"自居，不喜欢使用网络通信工具，最近他却频频给我发微信。想来是没人替他打理那些奢侈的行头了，他很失落。我狠心地这么揣测。

于是我得以不断知晓案情的进展。

唐公子得知刘舒曼一心要指证他是真凶，他的"中二病"不药而愈，急吼吼地要求坦白交代，供出案发当晚，是刘舒曼赌气拿走了他的车钥匙，还顺手捎走了他的棒球帽。一切细节正如宋律师当初所推测的。

可惜，在这种局面下翻供，唐公子的供词已经很难让人采信，尤其是他针对的正是指证他的重要目击证人，更有报复的嫌疑。

宋律师四处搜集对被告方有利的证据，积极为开庭做准备。"无忧城"有好几名员工可以证明，案发当晚，唐公子独自在包房一直留到深夜十一点半才离开。所以唐公子基本上没有作案时间。证明人有为他送过饮料的服务生、替他检查过Wi-Fi（移动热点）设置的技术员等等。

糟糕的是，由于此前恒仁集团到处买通证人，如今，检方与法庭对恒仁集团员工提供的证词都持保留态度。这就是一个"狼来了"的当代版本。

我坐在公园中央空无一人的旋转木马对面，回想我与刘舒曼的初识。

宋律师对这个女人的评价非常准确，她真的极有心计与决断，思维缜密。她杀死杜兰兰以后逃回别墅，竟然在打电话向唐董事求助之后，能够神速地换掉衣服，立刻出门前往"长安888"制造不在场证据，想来那个盗窃案就是她故意所为，为了引起更多人的注意，利用他们充当她不在凶案现场的证人吧。

正想到这里，一群孩子飞也似的跑过我的面前，叫着"来不及了，来不及了"，彼此追逐着，掠过的脚步像是一阵拉丁舞曲的鼓点，就这么疯跑到公园草坪那头的假山后面去了。

我对自己念着"来不及",一个猜想划过我的脑海。刘舒曼杀人之后逃回别墅,换装后立刻再次出门,她肯定"来不及"处理换下的衣服和鞋子。即便白色外套是一件常规的服装,至少红色棒球帽是一件与本案有关的罪证。最重要的证据当然是她当时穿的鞋子,上面沾了杜兰兰的血。这也是许心怡警官当初搜查别墅时,曾经一心想要找到的。

刘舒曼思维这么缜密的人,肯定不会忘记销毁这些证据。

问题在于,她究竟是什么时候把这些衣服和鞋子处理掉的呢?

抵达"长安888"后不久,她就因为盗窃被保安扣住了,之后一直被关押在看守所。心思缜密如刘舒曼,她不会任由杀人罪证就这么长时间地留在别墅里,在当晚,杀人现场随时会被发现,就算这些衣物与鞋子在衣帽间里多停留一个小时,也是极为冒险的事情。

所以,刘舒曼应该是在去往"长安888"之前,就确定这些罪证已经被处理妥当了。

她必定来不及自己处理。随手扔进河里,或者投进垃坂桶，被发现的可能性比留在别墅的衣帽间里还要大。剩下唯有一个选择，就是交给别人处理，最合适的人选莫过于——那名住家保姆。

我腾地站起来，惊起了身边的一群鸽子。摸到手机，我立刻打给宋律师。

宋律师在电话那头大声叫我的名字："程蔚然！你还是停职的时候脑子最好用啊！"

## 12. 逆袭

住家保姆还是领着恒仁集团的薪水的。宋律师给王红光主任打了个电话,关于这位田阿姨的信息立刻被陆续反馈过来。

春节临近,幸而田阿姨还没有提前返乡。

田阿姨仔细回忆了案发当晚,她在电话里告诉宋律师,刘舒曼确实是戴着红色棒球帽、穿着白色外套回来的。刘舒曼把一身衣服都换下来以后,特地关照她,让她将这些衣物全部剪碎,分开打包,扔到不同地段的垃圾桶里去。

还有一双鞋,是阿迪达斯的灰色麂皮跑鞋,浅色的鞋底上沾了大片黑乎乎的东西。刘舒曼再三嘱咐,这双鞋一定要先洗干净,再剪碎扔掉。

刘舒曼交办了这些任务以后就一去不返,被看守所拘了一个多月才回来。

接下来，田阿姨怯生生地向宋律师坦白了一件事：那些衣物和鞋子，她并没有处理掉，如今还好端端地藏在她的床底下呢。

听到这个消息，我的惊喜简直要冲出天灵盖了。我挥舞着手机，在傍晚空旷的公园里大喊道："老天爷，我爱你！"

手机里传来宋律师的抱怨，许心怡警官已经通知了市公安局物证鉴定中心，正在那里等着物证送过去，需要有人将物证从景贤区别墅取来，送到市局，可是恰逢下班高峰，开普通的车都不知道要堵多久，开着玛莎拉蒂就更慢了，怕剐蹭，怕掉漆，怕是半夜都送不到。

我抢着说："我去我去！"

挤在地铁里一路飞驰，我忽然意识到，宋律师这是故意的，他想让我在光明中奔跑。此刻我仿佛感到奔跑时的疾风扑面，我已重新回到永不言败的旅程中。

从保姆间的床底下，田阿姨拖出一个牛津布的健身包，打开拉链，从里面取出三个透明密封袋。红色棒球帽、白色外套、一双污渍遍布鞋底的麂皮跑鞋，证物分别被整齐地包裹在密封袋里,保存得出奇地完好。我松了一口气,最后的担心也不存在了。

田阿姨有些害羞地告诉我,她知道这都是一些好东西,随便一顶帽子可能就值上千元。既然主人家已经说要扔掉了,她就想偷偷留下来,洗干净了,过年的时候在老家穿也好。

可是她还没来得及洗,当天晚上,就听说刘舒曼偷东西被警察抓了。她知道这个主人有偷窃的老毛病,拿不准这些衣物是否也属于赃物,吓得她始终不敢拿出来洗,也不敢扔,只能藏在床底下。后来,好不容易刘舒曼被释放回家,又听说了杀人案,田阿姨就更害怕了,这个牛津布的健身包就这样一直被留在床底下。

我拿出手提电脑准备做一个笔录,这才想起自己都被停止执业资格了,我只是个临时快递员而已。我自嘲地笑笑,将每天提到公园里的上班道具收起来,告诉田阿姨,稍后自然会有刑警和律师来找她做笔录,请她务必留在此地不要离开,保持电话畅通。随后我对她千恩万谢,捧起我的"宝贝",以最敬业的快递精神,直奔市局物证鉴定中心而去。

刘舒曼被正式逮捕后,向检方强烈要求见我一面。

凌云特地开车接我去看守所。她阳光满面,在驾驶座上使劲地拍了一下我的肩头:"嘿,你真棒,有你这样的校友师妹,我都脸上有光!"

我有些尴尬,经不得夸。总之不再是她心目中"偷鸡摸狗"之徒,我就深感安慰了。

刘舒曼已经向检察官主动坦白,她对我的举报都不是事实,她将那天凌晨我们二人的对话如实交代了,经对照,与我向司法局汇报的情况完全一致。司法局撤销了对我的行政处罚,我又是"程律师"了。

刘舒曼想要请我做她的辩护律师。

"你救出了朱富贵,你又救出了唐承言,监房里都在到处传扬说,你已经是本城最好的死刑辩护律师了,人人都想请你。你既然救出了他们两个,你也能救出我的是吗?"刘舒曼满眼殷切的目光。我无言以对。

"你开个条件吧,我就算现在拿不出这笔钱,出去以后我也一定能补齐的。"刘舒曼哀哀恳求。

我告诉她，宋律师依然是唐承言的代理律师，我与宋律师同属于一家律师事务所，因此我不能接她的案子，否则就是利益冲突。

我向她道了谢，感谢她让我沉冤得雪，她本来不必这么做的。

刘舒曼的脸颊上掠过一阵红晕，她急切地解释，利用我的善良来设局陷害我，这也是万不得已。原本她并不想做得这么绝，差点令我成为阶下囚，还差点让唐公子为她抵命，只是她忽然有了不得不这么做的原因。

"我怀孕了，"刘舒曼露出悲哀的神情，"当初我想，无论如何，我也希望这个孩子能在正常的环境里长大。"

她凄楚含泪，还是那么美艳动人。

朱富贵被起诉了包庇罪，恒仁集团还是委托我做他的代理律师，替他支付了一小笔律师费，并且让我代为通知他，他在"无忧城"的职位不再为他保留。

我去看守所探望他。他胖了，估计是因为不再有恐惧，也不再有期待了吧，那些都是非常燃脂的情绪。

他对我说："你毁了我的一生。"表情充满怨恨。

作为救了他一命的前代理律师,我有种莫名其妙的感觉。

不得不叹服,朱富贵的口风真严。直至此时,他才愿意承认自己是顶包的,他告诉我,他贪图的不仅是顶包的报酬,而且是一旦他顶罪成功,得以瞒天过海,并且还能活着出狱,他就可以拥有从此完全不同的人生。恒仁集团答应过给他前程,必定会为他安排好职位,照顾他的升迁,这对集团的上层而言,只是微不足道的照顾,一句话的事情,对他则是一生。

他这么些年与命运作对,几乎绝望,他深知自己在某一层天花板之下,永远不可能越过,而这个机遇,将令他有希望进入一个原本他永远不可能企及的阶层,拥有另一种人生。对我们而言,城市中平凡的小康阶层可能并不值得羡慕,对他们这些人而言,则已然是天堂。

我不服气地提醒他:"要是你被判了死刑,你还能有什么人生?"

朱富贵答:"我小妹的人生。"

我想起那张照片,朱迎弟的照片,她站在职校的大门前。

当时的局面，交通肇事案变成了故意杀人案，恒仁集团想要通过照片告诉朱富贵，在前一笔顶包款之外，他们决定再增加一个条件，将朱迎弟送进这所著名的职校，如果朱富贵不再有将来，承诺给朱富贵的人生，他们会在朱迎弟身上兑现。朱富贵接受了这个条件，咬紧牙关，拿定了主意去赴死。

然而这笔交易被我彻底破坏了。

他责怪我不理解他们的处境，像他们这样如蝼蚁般的一家人，真的太需要有一个人过得稍微好一些，才不会让所有人都彻底绝望。但是不可能，他们的卑微是目前难以改变的，所以只要能换来一个人出人头地，哪怕付出他的性命，他都是愿意的。

"可是现在我失去这个机会了，我这一生都可能再也遇不到这么好的机会了。"他颇为激动地呻吟着。我不知如何安慰他。

他主动告诉了我一个秘密：选中他顶包的那个人并不是王红光主任，而是刘舒曼。是刘舒曼打电话问他是否愿意，然后向王主任推荐了他。

朱富贵与刘舒曼非常熟识。刘舒曼寂寞时常去"无忧城"散心，她寂寞的日子又占了大多数，朱富贵在本城没有家人，不上班的时候也经常混在"无忧城"，偶尔陪刘舒曼说话。因为刘舒曼长得非常像杜兰兰，朱富贵对她格外在意，经常殷勤地主动帮她跑个腿，办点小事。诸如案发当晚，唐公子独自来到"无忧城"，这个消息便是朱富贵通报给刘舒曼的。

我忍不住问朱富贵，当他知道刘舒曼撞死的是杜兰兰时，他恨刘舒曼吗，他有没有想过把刘舒曼供出来，为杜兰兰报仇。

朱富贵的脸忽然陷入一种迷惘，这让他的五官都变得不清晰了。他想了很久，端坐在满是红色指印痕迹的白墙前，向我努力解释他的感受。他认为刘舒曼和他是一类人，他们与大多数人一样，愿意服从这个世界并未明文规定的那些规则，他们知道应该从谁手里得到奖品，而杜兰兰不一样，她不服自己的命，总以为自己可以像天花板之上的人那样想问题，这注定了她肯定会招来无妄之灾。

朱富贵告诉我，杜兰兰是他少年时代的恋人，他依然想着她，这没错，但是某种程度上，他更愿意帮助刘舒曼，他更懂得刘舒曼的痛苦和艰难。

我又问了一个自己好奇已久的问题：恒仁集团买他顶包的那笔钱，也就是他在自首前坐火车带回老家的那笔现金，究竟是多少钱？

朱富贵说了个数字，我不敢相信自己的耳朵，这笔钱少得可怜，还没有恒仁集团当初愿意给被害人家属的赔偿金高。

唐公子被释放的那一天早晨，我到看守所的大门口接他，告知他回家后尚要办理的一些法律手续。恒仁集团派了三辆车来接他，大车是给他换衣服的，小车是专门载他的，据说这已经是最精简的阵仗，避免惊扰到看守所的秩序。唐公子的妈咪和唐董事都没有亲自来，怕沾上看守所的晦气，所以在家里设了火盆①等他。

唐公子拿出一张在看守所里早已写好的纸条，认真地拿给我看。字迹端正，我还以为是交办事宜，细看竟是一

---

① 出狱的人回家，要在进家门前跨火盆消除晦气。

连串的美食品种，从比利时贻贝、法式黑松露煎饼、德国脆皮烤猪肘到生煎馒头和油炸臭豆腐。

他对着我感慨："有理想的感觉真好，在里面，我天天就是想着出来以后要吃什么，那里的饭菜吃得我生不如死。"

他问我还有什么好吃的需要补上。他接下来的行程是：飞去意大利南部饱餐海鲜和马苏里拉①，飞去巴黎品尝白汁烩小牛肉和可丽饼，飞去阿根廷饕餮烤肉，飞去日本享受生鱼片和寿喜烧，飞去爱尔兰喝黑啤酒，最后飞去伦敦喂鸽子。他问我有没有兴趣和他一起吃这几顿饭。

唐公子指挥车队率先将我送回事务所。向来低调的事务所门口，落叶被轮胎轧得一片狼藉，几位事务所合伙人都纷纷出来拜会这位还没洗过澡的唐公子。

转眼就到了开庭的那一天。

我与宋律师都清闲得很。我们坐在旁听席上，任凭法庭上刀光剑影。

钟梵声检察官与凌云是公诉方。韩志宇坐在原告诉讼

---

① 用水牛奶制作的奶酪。

代理人的席位上。刘舒曼请到了一位也是监房里被广为传颂的死刑辩护律师,据说起死回生的比例很高,但是他在庭上一味招架,看起来并无还手之力。因为公诉方逻辑严谨,且证据确凿。

那双麂皮跑鞋上的污渍确实是血迹,经鉴定,与杜兰兰的DNA(脱氧核糖核酸)完全符合。

刘舒曼的右手手腕经过检查,发现有旧伤,受伤的时间应该就在案发那几天,佐证了她是跑车驾驶者的可能性。记得在朱富贵的第一次开庭中,是我提交了车辆撞击的反坐力测试,证实驾驶者单手受伤的可能性在九成以上,也是我在那次开庭中,首次提议对嫌疑人的手部进行鉴定,没想到最后这些都还用上了。

此外,韩志宇已经代表杜威同意接受经济赔偿,并且出具了谅解书。刘舒曼怀孕,再如何也不可能被立即执行死刑,不如做一个顺水人情。

虽然宣判尚早,一切已然尘埃落定。

交给韩志宇的赔偿金终于走完了"流程",恒仁集团不愿意和刘舒曼自己请的律师打交道,还是请我代劳去转交。

我请韩志宇与杜威吃饭，地点定在丽思卡尔顿二楼中餐厅。韩志宇没有拒绝，他在电话那头说："你请我们吃龙虾、鲍鱼都是应该的，一餐饭再如何也吃不完我们损失的一千多万。"

这笔赔偿金最终并不是一千二百万，而仅仅是四十万。

这是恒仁集团愿意替刘舒曼支付的最高金额。刘舒曼自己并没有钱付赔偿金，她没有多少积蓄，且已经全都用来付律师费了。平日里，她与唐公子的衣着标准是一样的，经济来源却有限。

王红光主任给我这笔钱的时候，还向我埋怨唐董事太宽宏大量，这女人差点把唐公子害死，花钱把她大卸八块还差不多。然而我觉得，不把事情做绝是一种好习惯。

中餐厅装修得颇为古雅，午餐时间，我们是唯一的一桌，选了屏风后面的座位。

韩志宇点遍了菜单上最贵的菜，连打包盒都预先点了一打。

侍者离开后，我将装着现金的银行纸袋递给他，请杜威写一张收条给我。杜威胆怯地瞟了我一眼，悄悄推搡韩志宇，看那意思，好像是在问他要不要当面点一下钱。

韩志宇让他宽心："程律师做不出这种事情的。"接着从双肩包里取出一张白纸、一支笔，放在桌上，想了想，又拿出一张纸，将收条上需要写的字都写了一遍，这才将两张纸一起摆在杜威面前，好让他依样描下这些字。

杜威拿起笔，开始很努力地在白纸上描，一笔一画，有如在画图。当写到最后一个字时，他忽然停了下来，陷入愣怔。

"四十万也太少了吧，一条人命呢。"韩志宇趁着这个机会又来抬价。

"韩志宇！"我被他闹烦了，"你问问当事人，真凶和钱，他到底更在乎哪个？"

这时候，我听到了奇怪的声响，压低了从喉咙里发出的，韩志宇也听到了。我们停止争吵，扭过头去，看见杜威肩头抽搐，他用干裂扭曲的手指抚摸着那张自己写下的收条，有如抚摸他女儿年轻的生命，老泪纵横。他呜咽着咕哝着什么，我分辨了很久才听清，那是在说："闺女，我对不起你啊，对不起……"

韩志宇难得露出尴尬的神情，摇晃着杜威的双肩，低声呵斥他安静下来。

杜威为什么会感觉有愧于杜兰兰？我猛然间想起了一桩往事，在杜兰兰死去的那个夜晚，杜威恰巧被真凶撞了个满怀。

当初唐公子在押，我用计算时间轴的方法找到了真凶与杜威相撞的录影，如果那时候，杜威指认出真正的凶手，警方马上就能有充足的证据逮捕刘舒曼，但是杜威坚持说，他什么都记不清了。

我猜到了，其实杜威看见过真凶，他隐瞒了下来。在韩志宇的专业法律建议下，杜威做了一个艰难的决定，他决定包庇杀死自己女儿的凶手，他选择宁愿让真凶逍遥法外，因为这样才能得到更多的赔偿——唐公子被认定为凶手，必定能赔到一千二百万这样的天价，换成刘舒曼，自然就赔不到什么钱。

然而，有一点我还是不太明白，当初起诉唐公子的证据并不充足，如果唐公子因为"疑罪从无"没有被定罪，韩志宇与杜威的隐瞒岂不是得不偿失？

韩志宇避开我的目光,不过他还是解释给我听:"如果唐公子被无罪释放,真凶又没能找到,这就成了一桩悬案,还是只能暂时用交通肇事案来定性……"宛如当年在校园里为我讲解习题,他的语气中习惯地带着一丝埋怨,像是在说,你连这些法律常识都忘记了吗?

用交通肇事案定性,交通肇事案件的民事赔偿标准本身就比杀人案高得多。而且,要是找不到驾驶者,被害人家属的民事赔偿就会由车主承担。这辆兰博基尼的车主是租车公司,最后还是恒仁集团来赔钱,恒仁集团的赔偿能力自然毋庸置疑,一样可以对他们漫天开价。

我想明白了,可是我不能理解。

我对韩志宇说:"我承认你给杜威的法律建议很专业,不过事情做到这个份上,韩律师,你不会以为你还在充当正义的化身,劫富济贫吧?"

韩志宇答道:"程大小姐,我们和你们不一样,你要杜威和他枣树村的一家老小将来靠什么生活?快意恩仇之后,他们就等着饿肚子吗?"

我念出那句韩志宇最喜欢引用的话:"'杀人放火金腰

带，修桥补路无尸骸'，这是你一直以来口口声声想要改变的现实，它什么时候变成了你的信仰？你诅咒一种规则，又忙不迭地按照这种规则来行事，企望以此得到不切实际的利益，你跟你厌恶的那些人毫无差别，你只能令这个世界往错误的方法滑得更远。"

"我有选择吗？我们有选择吗？"韩志宇问。

酒店的餐厅总是上菜很慢。这会儿，一道道菜终于陆续端上来，我看杜威已经不可能有情绪吃什么了，便建议直接为他们打包，一并带回去慢慢吃。韩志宇并不反对，他好像也还有事情要忙，既然取到了钱，那就没有必要再和我坐在这里浪费时间。

我望着杜威的背影，他双手各提着一袋沉重的饭盒，步履蹒跚，仿佛背负着那一夜的所有记忆，今生都不可能再说出来，也不可能再忘记。

我返回事务所，刚踏进宋律师办公室，将从干洗店取回的西装给他挂在衣橱里，母亲的来电就在我手机上响起。

三天之后就是除夕，我与母亲早就约定，在旧年结束前要去一次法院，每年如此。这回是约在了今天下午，我已经提前跟宋律师请了假。

这一回，轮到宋律师"横生枝节"，在我匆匆赶着出门前，他叫住我，难得变得唠叨起来："我国的《刑法》规定罪责自负，没有株连的，判决的罚金①只能执行你父亲当年的个人财产，不能执行你们家属的劳动所得。再说，就你那点收入，杯水车薪，对减刑毫无用途。你自己是律师，你不懂吗？"

我不相信父亲是罪有应得，我也还没能像宋律师那样把法律当成信仰，我与母亲只是不想被人视作老赖，有再大的借口也不行。希望这个世界应用哪种规则，便首先要有人去尊重与遵守。

在法院窗口前，母亲将那张银行卡递进去，她提包中的手机紧接着就传来微弱的短信提示音。随后，我们一同去吃了寿喜烧，在逐渐降落的夜色中，旧年的终点变得更近了。

---

① 指刑事判决中的罚金刑。

## 13. 荣耀归于法律

一个月后,我去景贤区公安分局跑腿,又遇到了许心怡警官。她正在慢条斯理地教育几个朋克风格打扮的少年,听说是喝酒滋事被抓进来的。

看见我,她向我挥手致意:"你又来和我们对着干了?"这寒暄的方式真别致。

那天她桌上有一盒手工制作的松露黑巧,是她在春节加班时为了犒劳自己加班买的,这剩下没吃完的一盒,被我赶上了。打发了那几个少年,许警官便请我与她坐一会儿,一同吃完那盒巧克力。

不知怎的,巧克力让我有些话多。我跟许警官说起这段时间来的疑惑。

身为律师,我认为在大陆法系的刑事案件中,这是一个位置微妙的职业,没有刑警侦破调查的便利,也不像检察官有提起公诉的权柄。在阿斯特莉亚①手持的公平之秤上,我对自己的力量深表怀疑。

许警官用温和而缓慢的语气对我说:"如果没有你这架'战斗机',兰博基尼杀人案不会走到今天这么远,真凶也许永远不会落网,也许案件就止步在认定朱富贵是否疑罪从无,或者止步于指证唐公子的证据不足。"

我问许警官,如果没有我这架"战斗机",她会听任这起案件止步吗。

许警官答:"我从来没有放弃过追查。"

原来,此前她还一直在调查刘舒曼,即便在指证唐公子的证据被提交到检察院以后,她也没有放弃过。她的直觉告诉她,那还不是真相的终点。

我们又聊到本案众多当事人的命运,一同唏嘘不已。刘舒曼与朱富贵,他们曾经为金钱出售自己,然而到最后,刘舒曼破坏交易是为了她未出生的孩子,朱富贵愿意放弃生命是为了他的小妹。韩志宇与杜威,他们接受金钱的测试,放弃了底线,他们宁愿放过真凶,这是出售杜兰兰生

---

① 古希腊神话中的正义女神。

命的尊严。

这个世界如果不幸沦为一个没有底线的集市，天下熙熙，那么至少还有一点是公平的：无论富贵与贫穷，在行善与作恶之间，所有人面临抉择的机会都是一样的。并且我始终相信，在这个世界上，每个人都还拥有不愿出售的东西，拥有愿意放弃的利益，拥有愿意庇护的他人，即便在这么一个冷酷的案件中也不例外。

那一天，许警官还提到了一个令人疑惑的细节。

在当初搜查刘舒曼的住处时，许警官就再三询问过那位住家保姆，田阿姨一问三不知，没有告诉她任何案发当晚的情况。这倒还可以理解为，田阿姨故意隐瞒。

然而，搜查那天，田阿姨也主动请警察查看了她的保姆间，就这么几平米的一间小房间，没几件家具，床底下也彻底检查过，并没有那个牛津布的健身包，也没有红色棒球帽、白色外套与沾着血的麂皮跑鞋。包括整栋别墅，哪里都没有。

许警官与我想到了同一个答案：这位田阿姨原来是一号人物，我们都看走了眼。

田阿姨应该是唐鼎年董事的亲信内应,被特地安排在刘舒曼的身边。女儿般年纪的美丽女友,身边总需要一个监视者,随时向唐董事汇报一些可疑的蛛丝马迹,例如她与谁过从甚密,约了谁吃饭,跟谁频频发微信,夜里与谁通长长的电话,还有就是最近刷卡买了些什么奢侈品,是给别人买的,还是都拿回家里来了。

唐董事一直留有后手,这就是为什么在唐公子即将面临死刑审判的最后关头,他也没有冲到事务所来哀哀哭泣,倒是王红光主任一直被蒙在鼓里,那时候急得嘴唇起疱,无头苍蝇似的。

田阿姨并不是贪图那几件旧衣物,才没有按刘舒曼的吩咐去处理掉,是唐董事授意她将刘舒曼的作案证据保留下来,以备不时之需。谨慎如唐董事,这些证据一定被带离别墅,交由他人保管着,待到不得不将刘舒曼抛出来的时候,他才派人将证据交还给田阿姨,让田阿姨寻找时机,出面指证刘舒曼。

宋律师向恒仁集团请辞。

按照他当初的计划,在办完唐公子的案件后,就辞去恒仁集团法律顾问的差事，就算吃土也不要再跟这个集团的老狐狸们相处。他们乐于把别人当棋子和炮灰，总是置律师于险地。这一回是万幸，我的伪证罪总算给洗清了，保住了律师执照，我们也没有留下无良律师的恶名。

没想到恒仁集团赖上了宋律师。王红光主任极力挽留，未果；唐董事亲自出面挽留，宋律师再三拒绝，没想到唐董事再三挽留，百般示好长达两个月。

唐董事与唐公子果然是一家人，估计唐董事以为宋律师也是在演"良家妇女"的戏码，用拒绝来提升身价，所以唐董事先是将唐公子一案的律师费加倍，打到事务所的账户；见宋律师不为所动，他又投其所好，派人定做了一大一小两只摩奈①的手工牛皮公文包，用特色拼皮工艺加上宋律师的姓名缩写字母，快递送到事务所。

这么一来，唐董事设宴邀请，宋律师再婉拒就不通人情了。

据说酒宴间，唐董事推心置腹，与宋律师谈了很多集团近期发展规划，诸如集团麾下的地产公司正计划向伦敦

---

① Moynat，法国小众奢侈品牌。

发展，斥资五亿英镑在旺兹沃思①买了一块地，打算建豪华公寓与联排别墅。又谈到他私人的苦恼，与这些年大多数企业家一样，他也在不断寻找 CRS② 的阿喀琉斯之踵。唐董事表示，这些领域的国内部分的运作，都亟待宋律师的出谋划策与参与，一切的一切都要仰仗他的专业素养与智商。

知识分子最怕有人尊重，唐董事算是击中了宋律师的阿喀琉斯之踵，顾问费一分没涨，就把宋律师给留下了。

我向宋律师抱怨道，就算原本要留，哪怕将顾问费涨那么一点儿，每年也能多出几十万的收入。这下可好，跟唐董事有了私交，增加了个人法律事务咨询的工作量，等于还倒贴了一部分顾问费，唐董事这一套戏码还真值钱，区区几小时的表演，换来上百万真金白银。

不过唐董事也算有情有义，与宋律师续约成功后，他隔三岔五私下宴请宋律师，也算是将尊重进行到底。有一

---

① Wandsworth，位于伦敦西南部，泰晤士河南岸，是伦敦的传统富人区。
② 受美国肥猫法案启发，经合组织推出的成员国"共同申报准则"。

回设宴前夕,他还特地遣王主任来询问宋律师,要不要携助理同往:"就是你们程律师,差点被吊销律师执照的那位,你先前跟我们发脾气要辞职,也是为了她吧?"

我问宋律师,我去合适吗。

宋律师的答复是,唐董事请客的会所餐厅都是名厨主理,菜肴很是美味。

我跟着宋律师走进包间,才发现我确实来得非常不合适。包间内没有旁人在列,只有两个人——唐董事和他身边花枝招展的新女友。

唐董事向我们介绍,这位姑娘名叫章缘,还是某大学高才生,爱好哲学,喜欢克尔凯郭尔和海德格尔,是他的"灵魂伴侣"。

章缘很是心思玲珑,见唐董事单独宴请我们,猜测我们是重要人物,立刻热情地要求加我们微信。这倒是正中我的下怀,我顺手点开她的朋友圈,发觉她近期自拍的背景都极为眼熟——正是我曾经在凌晨造访过的那座别墅内。看来,她接替了刘舒曼。

唐董事携他的新女友,特地让宋律师带上我一起赴宴,这算是什么意思呢？他以为我是宋律师的副牌女朋友吗？我正在胡思乱想，宋律师正好加了一勺红醋到我面前的海鲜中，又弯腰替我捡起落在地上的餐巾，令我顿时脸颊发热，手足无措起来。

就这么在尴尬中酒宴已然过半，聊天忽然又进入更加尴尬的局面，唐董事开始抱怨为情人想出一个昵称有多难，比如说章缘，他唤她作"缘缘"，觉得很顺口，可是章缘不喜欢，她说听上去像"圆圆"，她又不是一个肥婆。

这时候，我开始觉得有什么地方不对劲。"章缘"这个名字怎么这么耳熟？我肯定在哪里听到过。老同学？网红？事务所的其他客户？

不，这个名字应该是在我经手的案件中听到过。

等甜点上来的时候，我终于回想起来了。章缘，这是我曾经在"长安888"那起珠宝盗窃案中听到过的名字，她就是指证刘舒曼偷皮夹的那个女人。因为刘舒曼很快被释放了，我还没见过这位自称失窃的苦主。

时隔几个月，世事已沧海桑田。到此刻我才明白了，当初的盗窃案究竟是怎么回事。

驾车杀人后，刘舒曼的右手手腕受伤，她根本没有可能实施盗窃。她来到"长安888"，只是为了让商场的监控拍下她购物的情景，或许她还打算跟售货员吵个架，好让他们也成为她不在杀人现场的证人。然而就是这么凑巧，她遇到了章缘。

我不知道，那一晚的戏码是章缘临时起意，还是蓄谋已久。

很显然，刘舒曼住在那栋别墅的时候，并不知道章缘的存在，但是章缘知道刘舒曼，而且一心想要取而代之。

章缘研究刘舒曼应该已经有很长时间，知道刘舒曼有偷窃癖，还知道她很喜欢到"长安888"购物。根据刘舒曼的活动规律，章缘制订了行动计划，她开始每天晚上在五楼珠宝柜台等待刘舒曼出现，那一晚恰好等到了她，就将设计好的戏码演出来。又或者，她恰好在珠宝柜台瞥见刘舒曼，看到她站在靠近通道的窗户边上发呆，神情恍惚，便灵光一现，临时构思出那些戏码。

她走过刘舒曼的身边，选择在被圆柱遮挡的时候扔下皮夹，随后带着商场的保安匆匆折返，声称自己的手包被拉开了，然后在刘舒曼脚下捡起皮夹，指控刘舒曼是小偷。

最恶毒的设计还不是这一部分。章缘特地在珠宝柜台买了一枚价值十万元的钻戒，为了避免钻戒的价值不能马上被认定，她把发票也一并装入皮夹中。这已经不再是小小的恶作剧——她要置刘舒曼于万劫不复。

盗窃案中，盗窃物品的价值认定非常重要，必然要达到一定价值才能定罪，像刘舒曼此前偷窃的那些小东西都没有达到定罪的价值数额。盗窃罪的量刑标准也与所盗窃物品的价值有关，按照目前的司法解释，价值金额十万的，属于"数额巨大"，要处三年以上、十年以下有期徒刑。很显然，章缘事先已经研究过相关法律。

刘舒曼曾对我说，她没有偷那只皮夹，她是被诬陷的。我从来就没有相信过她。

刘舒曼还告诉过我，那个诬陷她的女人名叫章缘，她是在做笔录的时候听说这个名字的。如今终于证实，此言非虚。

晚宴结束离开会所，我立刻将这个发现告诉宋律师，章缘的行为已经属于诬告陷害罪的范畴，可以追究刑事责任。话音刚落，跑车打了个滑，在路面上发出清脆的一声响，宋律师气得狠狠剜了我一眼，我立刻明白，他这是让我不要再"横生枝节"，这句话他已经懒得亲口再说一遍了。

又行驶了一程，宋律师终于消了气，哭笑不得地扔给我两句："我怎么觉得你跟恒仁集团这么有缘分呢？你好像身怀一种奇异的使命，就是要把唐董事的所有女朋友都送进监狱。"

细想之下，我觉得在这件事上，确实也不必再"横生枝节"。章缘的诬告陷害罪没有证据无法立案。刘舒曼已经失去自由，不知道这桩往事的来龙去脉，反而更少烦恼。

但是我不怎么甘心让真相永远地成为秘密，我问宋律师，是否将这件事告知唐董事，免得今后他也让这个恶毒的女人算计了。

宋律师笑道："唐鼎年这只老狐狸精明着呢，还需要你替他担忧？就凭章缘这点小聪明，根本不是他的对手。你有这个闲工夫，还不如替唐公子多多担忧呢。"

我连忙表忠心："我才没空替唐公子操心，有这个闲工夫，我还是想想怎么保养那两只镶着你名字的公文包吧。"

宋律师说过，每一桩案件就像一个墓园，徘徊着数不清的幽灵与真相，当合上卷宗时，绝大部分的故事就被永远埋藏在里面，只剩下一份像墓碑那么简单的判决书。

这便是我律师执业生涯中的第一案，是时候合上卷宗，让往事长眠了。

## 尾 声

六个月以后，兰博基尼跑车杀人案正式宣判，刘舒曼被判处无期徒刑。

乾坤律师事务所生意盈门，且很长时间没有刑事重案。我跟着宋律师做兼并收购，岁月静好，却忽然有些怀念法庭上的日子。

已是盛夏，在跑腿的半路上，我接到许警官的电话，她问我是否能帮她买一套五岁男童的短装，分局刚拘捕了一对贩毒的夫妇，家里有个孩子，身上的衣服脏得让人不忍直视。这就是坐地铁的好处，地铁站上总有百货商店，买了又可以坐地铁给她送去，速度最快。看来许警官已经非常熟悉我的行动习惯了。

在百货商店的童装柜台楼面，非常意外地，我遇见了韩志宇。

他在看童装，从一个柜台走向另一个柜台，若有所思，还带着微笑，就这么正好走到我的面前，我们彼此都吓了一跳。

我欲言又止，他连忙解释道："我还没孩子呢，连个女朋友都没骗到。"又瞟了一眼我手中提着的童装包装袋，顺便瞟了一眼我的腹部。

他告诉我，他现在已经是刘舒曼的代理律师了。刘舒曼没有钱付律师费，原来那个律师甩手不管，他就顺便接手了。刘舒曼被宣判之后，他正在替她上诉，当然基本没有胜算。

这几个月来，刘舒曼一直在恳求他收养那个还没出生的孩子，她不希望这孩子被送到社会福利院。他已经同意了。

"你肯定知道，收养一个孩子是多大的一件事吧。"我非常惊讶，想象一个男人带着这个孩子，一年年地陪着他成长，从婴儿到十八岁成年。

韩志宇耸耸肩，问我是不是觉得像他这么一个基层的律师，根本没钱养孩子。他让我放一百二十个心，等孩子长大一些,他就替刘舒曼申请做亲子鉴定,这孩子不是唐鼎年的就是唐承言的,到时候要求抚养费,要求分遗产,这个金矿里能够挖到的财富难以估量,而他需要做的仅仅是一些前期投入,就像对杜威的前期投入那样。

我问他,此前的死亡赔偿金,他与杜威谈好的分成比例究竟是多少。

这次他没有回避,坦白告诉我,是五五分,如果是一千二百万赔偿金,就是各拿六百万,现在只赔到了四十万,他取走二十万。但是他为杜威支付的房租、生活费、医药费总共六万多元,他没有再跟杜威结算。

我忽然觉得有点惭愧,身为律师,我不知道我们哪一种更像浑蛋。乾坤律师事务所绝对不会将大门向着行人与菜场洞开,不是因为我们付得起高昂的房租,租得起深门大院,而是我们更把法律工作当成一桩生意。然而满口生意的韩志宇,确实是在向每一个需要帮助的人伸出援手,这一点我们不如他。我们总有视而不见的借口,告诉自己,我们救不了世界上每一个人。他似乎从不这么想。

我们就这么站在童装柜台边上,转角的儿童投币摇摇车时而发出好笑的音乐。我向韩志宇告辞:"那么,就祝你早日得到你的'金腰带'。"

他微笑着点头:"也祝你早日准备好申请再审那个案子。"

他指的是我父亲的案子,我从考入政法大学的第一年就开始准备,这么多年来,我急迫而胆怯。然而,从跑车杀人案尘埃落定的那一天起,仿佛某种信仰重新回到我的心中,我觉得我终于准备好了。

我噩梦中的那座石头宫殿,此刻正沐浴在烈日之下,世间尘埃掩盖不住理性的荣耀。正义女神白袍金冠,蒙着双眼。万物沉思,静候裁决。

# 后记：为什么我们依然需要公平正义？

持续写作了很多年，我开始有一种错觉，我感觉这个世界不是真的。

人类发明了形形色色的故事，建起这个不真实的世界，比如法律，比如金钱，它们的体系与小说一样，都属于虚构类。法律维护公平，金钱则造就不公平，那么我们最终究竟能收获多少公平？

如同冬夜里双手捧着的一个热面包，公平这样东西是真实存在的，远在人类社会所有虚构的故事出现之前，它就存在于人群之中，像食物一样是一种必需品，它让我们的先祖在人群中手捧承诺，内心安详，脚步有力，从而得以仰望星空。

金钱能否买到一切？这个故事里富人花钱请最好的律师，花钱买通证人伪造证词，花钱让被害人家属写下谅解书,甚至可以花钱买到一个愿意以命顶罪的人。而穷人相信"不仁才能致富",但凡抓住一丝机会,他们就会毫不犹豫地舍弃公平,诈取金钱。我也见识过没有底线的人,误信对方冠冕堂皇的表白,签下合同,最后只能被猪抱着在泥地里打滚。

多么有趣!看起来,今天的世界似乎已经没有人需要公平了。人们在法律体系中博弈,为的不是公平,而是利益。公平成为一块虚伪的盾牌,当事件发展对他们有害,他们便振臂高呼"公平",当事件转而对他们有利,他们便不会在意这有多么不公平。

然而在法庭这座宫殿中,在无数罪恶之上,正义女神依然俯视这世间。有些东西有如恒星永远不会陨落,譬如正直,譬如诚实,譬如良善,譬如勇气。失去它们,人世间将不再有洁净的土地与明澈的阳光。

动笔写这部小说前,我已经有半年没有写任何故事了。随着年龄的增长与阅读量的增加,我体会到这个世界上已经有太多的故事,而没有一种故事是没有人写过的。尽管如此,所有作者都还在不停地写,并且深信他们的杰作是独一无二的,其实差不多的故事在几个世纪里可能已经被写过几十个版本了。

所以每次动笔之前,我不得不问自己:这个故事为什么必须出生?为了娱乐读者的感官?为了卖弄技巧或文字?为了金钱或声誉?如果是这些目的,那都不值得。生命这么短,如果要写,那必须是一个我对这世界不得不提出的疑问,一个诚实的质疑。

年前,我的检察官朋友跟我讲过一个遭遇。地铁站大门口有工人在屋顶扫灰,正是下班高峰,人流经过此地,灰尘扑面而来。这位朋友便向工人建议,是否可以先换一个地方清扫,迟些再扫这里。工人并不考虑这个建议的合理性,只是反问:"你说了算不算?"

心中没有是非观,只考虑利害;行事不问对错,只臣服于权威、金钱或暴力。如果有一天,每个人都认为这种逻辑是理所当然的,这该是一个多么让人毛骨悚然的世界。

《金腰带》是一个关于死刑辩护的故事,写的是律师这个职业。

之所以选择写律师,一方面是因为我熟悉这个职业;

另一方面，律师恐怕是人类社会中最自相矛盾的职业之一。律师的存在是为了促进公平正义，但是，律师并不是秉公的裁量者，他们必须用合法的方式为委托人争取最大利益，而委托人期望的从来不是公平本身。律师也不是柯南，尽管他们免不了对真相产生好奇，但大多数情况下，他们为了免责，宁可选择不知道。律师还不得不考虑自身利害，拿着委托人的高额律师费，是否甘冒伪证风险。这距离公平就更远了。

他们与公平的关系，只是让天平发生倾斜的砝码。

写这个故事前，我在心中描绘着一张年轻无畏的脸。在这许多亦正亦邪的砝码中，总会有一枚砝码感到不甘心，因为身为一名法律人，她望得见内心的恒星。

所以在我向世界提出的这个问题中，有怀疑，更有信任，我知道故事不宜承载过多的愿望，但是我还是期望将这份信任传递给更多的人。唯有怀抱希望，我们才能在这一地鸡毛的生活中脚步坚定。

2017年由春入夏的三个月里，我独自居住在德国、奥地利与意大利边境，阿尔卑斯山中的小城。那是瑞士的文学项目，我在当地唯一的联络人是项目的签约律师——莎拉·费拉雷塞。她非常年轻，小巧的身材，孩子般的面容，顶着一头弹性十足的棕色鬈发，做事有一股德语区居民的严肃和干练劲儿。

我签署文件找她，租车找她，房子跳闸了找她，家电罢工也找她。

有一回洗衣机坏了，按键上只见各种德语字母闪烁，机器呼呼喘气不工作。我打电话给莎拉，请她代为联络物业经理。她说不用不用，她愿意义务做一次修理工。

十分钟后，莎拉开着她的迷你小红车呼啸而来，对照洗衣机屏幕上的字母，打开手机"谷歌"了一番。随后，最让我瞠目结舌的一幕发生了——她伸手握住洗衣机两侧的凹槽，把这个貌似长在地上的大家伙给提了起来，轻松翻转180度，头朝下，底朝上。她告诉我，这是洗衣机外壳进水了。她高高兴兴地对着底部猛拍几下，水流了满地。再翻转过来，洗衣机果然就一切正常，各种程序恢复如初。

那一刻，我被她的勇武迷住了。

小城的岁月平缓如水，这是极为富裕安宁的区域，人们只对音乐、绘画、美食与大自然感兴趣，排队习惯距离他人一臂之遥。莎拉所在的律师事务所为银行与基金会工作，以处理法律文件为主，她翻转庞然大物的自信与果敢并无用武之地。

《金腰带》中的青年女律师名叫程蔚然，我在她身上加入了莎拉的光芒。

2018 年 3 月 25 日

本书付梓之际，我要感谢安徽文艺出版社和我的图书责任编辑张妍妍、宋晓津老师；同时感谢 2018 年在文学期刊编发这部小说的《青年文学》和张菁老师。本书历经疫情数年终于出版，在此期间，我被困德国，在网络和现实中见证了众人一同努力的荣光。所有用心的付出皆有果实，正如大自然总会有雨过天霁的晴朗。

2024 年 9 月 27 日